我在冥府當心理諮商師

3

作者 雙慧 插畫 肚臍毛

目錄

【楔子】

妳不可以放棄

救護車的嗚笛聲響徹整個急診室。

「——十七歲，被人發現昏倒在廢棄小學的門口。意識不清無明顯外傷，心跳一百三十、血壓七十二四十、呼吸三十、——」

「先沖 normal saline（註1）五百、做一張心電圖。妳去把 echo（註2）推過來……」

「好，我去推。腦部電腦斷層也要吧？」

「需要。我已經開單了，先連絡電腦斷層室。」醫師大致交代完事項後開始向救護隊詢問經過。

「完全沒有目擊證人嗎？」

「沒有。」

「那麼是誰報案的？」

「是病人的弟弟。據弟弟說，姊姊和朋友一起出門去鬼屋探險，結果——」

「醫師！病人沒有心跳了！」

吵雜的人聲從這個時間點開始混入規律的金屬摩擦聲。

「Endo（註3）呢？藥有人在打嗎！有人連絡家屬嗎！」

「家屬在外面——」

「白癡嗎！那是她弟弟，未成年！什麼同意書都不能簽——先救再說！」

「嚓、嚓、嚓、嚓……」

依舊是吵雜的人聲、現在又加上規律的金屬摩擦聲，那是躺在床上的病人被施行心肺復甦術時鐵床晃動的聲音。

「醫師，妹妹的父母來了。」

「我女兒怎麼了？」

急診室主治醫師飛快地向中年夫婦解釋了他們女兒的狀況，簡潔且有條理，也把後續會遇到的狀況都大致說明了一遍——

——包括高機率死亡的部分。

「怎麼會……怎麼會這樣……」

嚎啕大哭的聲音響徹整間急診室，自然也傳進急救室裡頭。急救室裡頭依然傳出吵雜的人聲、規律的壓胸聲，絲毫不受干擾。不一會兒又多了機器輸送氧氣的聲音。

註1：Normal saline：指生理食鹽水。醫療場景中醫護人員的對話時常中英文穿插，故還原之。
註2：Echo：全名為echocardiography，即超音波機器
註3：Endo：全名為endotracheal tube，即插管用的氣管內管。

但這些聲音都無法掩蓋撕心裂肺的哭喊。

「——加油啊！」

「——佳芬加油！妳不可以放棄啊——」

【第十二章】

黑／白／之間

「哇哇！」

年幼的一歲男孩本能地使勁哭鬧。這個年紀的小孩已經懂得白色護士服所代表的恐懼，越安撫只會哭得更大聲，白胖的身子像毛毛蟲一樣扭啊扭。他的父母也沒有好好抓住，小男孩胖嘟嘟的小手一揮，脫離了媽媽的掌握，我好不容易找到的血管就又沒了。

這已經是第三次了。我的心情很煩，他的爸爸對我一直用針戳他的寶貝兒子這點也很有意見。

「啊……傑傑流血了……」媽媽怪叫了一聲。我連忙檢查男孩的手臂——這哪裡叫流血！白皙的手臂上就一滴渾圓的血珠。

一滴！就只有一滴！

「幹——我不是叫妳輕一點嗎！妳到底會不會打針！這都第幾次了！妳現在是在虐待小孩嗎！」孩子的爸爸一把把我推開，對我咆哮道。

……那你可以自己打啊。小孩子的針本來就很難打，你們又不好好抓，只會出一張嘴巴。如果不是大夜人力比較稀缺，我也很希望有學姊能跟我換手啊！

「先生，小孩子一直在動，請你幫我抓著他——」

「幹恁娘，現在是怪我嗎！」

我心平氣和地望著眼前的魁梧大漢，敏捷地閃過往我太陽穴揮來的拳頭——其實是我根本沒反應過來，多虧有宋昱軒眼明手快拉了我一把，這才閃過了那顆拳頭。身為冥府專屬的心理諮商師，我的力量和敏捷數值全部為零，一點拳腳功夫都不會。雖然因為最近冥府正式和內境開戰的關係，把我當妹妹寵的十殿殿主特別指派了與我年紀較相近（也差了快九十歲啊哥哥們）的祐青祐寧兩姊妹，強迫我學點防身技巧。

但學了會不會用是一回事，能不能用在別人身上又是另外一回事啊！我是覺得我沒有公然打人的膽子啦，太麻煩了。

這大概就是開戰之後，我的生活唯一的變化了。因為內境與冥府的戰鬥根本不會燒到我這個普通老百姓身上。我也樂得繼續上班，不過問戰爭的事情。

「佳芬，妳還好嗎？」目睹這一幕的學姊馬上丟下手上的工作衝來關心，我先從不理智的家屬身邊退開，再狠狠地瞪了家屬一眼。

媽的，我下次要摺鬼去你家鬧，反正病歷上有你家地址……不，我覺得最後是我阻止整群冥官去他家開派對，而不是什麼暗中報復這麼厲害的事情。

被欺負還不敢吭聲，我這不是奴性是什麼呢？

「我沒事。」我說，心裡很想要晚一點再面對病人和家屬，雙方都有個緩和的空間喘口氣、消消氣。但看著病到連哭聲都有氣無力的孩子，這管血又不得不抽……

「育傑的爸爸，我們現在是在幫助育傑弟弟，現在先冷靜一下——」

「是你們技術太爛！叫你們醫生出來，憑什麼讓這種沒有用的廢物弄我的小孩，是想害死他嗎！」這位爸爸越說越激動，隨手抄起了我剛放在小弟弟身邊的盤子往我們身上丟。更不幸的，上面除了消毒用品，還有我來不及丟的針頭。

雖然看那軌跡，針頭完全不會插到我，但昱軒還是出手把針頭打到別的地方。

混亂的場面中終於有人喊了一句，「有人叫警衛了嗎？」

「叫了啦！」

「靠夭，叫警衛是有屁用喔！上次還不是躲在我們後面。」有個學姊小聲地說。這也是悲慘的事實。我們醫院請來的保全除了外表看起來很凶之外，遇到來鬧事的一樣躲得遠遠去，跑得比我們還快。

結論：女生請握有保護自己的手段，永遠不要指望有白馬王子會來救妳。比如說擁有一群別人看不見的「朋友」，最近這群「朋友」的傷人禁令又因為打仗剛好解除，不用妳開口他們就會自動幫妳。

昱軒輕輕揮手，一道淡黑色氣流從他手中竄出，擊中了情緒激動的家屬。上一秒還張牙舞爪的魁梧大漢，下一秒直接噤了聲口吐白沫昏過去。情況轉變之快，讓在場的護理師都愣住了，但也只愣了半秒鐘就有人大喊，「家屬昏倒了！快推急救區！」

就算是上一秒攻擊我們的流氓，突然昏倒的時候我們還是得救。我雖然知道他不會有事，但礙於其他人在場，我不能像以前那樣把人丟在原地就走人。該演的戲還是得演完。

育傑媽媽此時手足無措，到底是該放下小孩查看老公的狀況呢，還是繼續陪小孩呢——

「媽媽妳趕快過去！小孩子我幫妳看一下。」雖然這不符合常規，但我真的想要趕快把我手上的工作做完。處於慌亂的媽媽果真被我說服，追著一群護理師的後頭出去了。

我瞄了一眼監視器，確認自己的所有動作都會被監視器拍到，才指示道：「幫我壓住他。」

走上前的不是昱軒，而是祐青和祐寧兩姊妹。兩人熟練地安撫小孩，在二人溫柔的勸說和壓制下，我總算完成了我的工作。我感動地看著珍貴無比的四管血，心底不禁有點感動——

……太好了，我可以下班了。

三十分鐘後，我就接到了檢驗室打來的電話。

「曾育傑的四管血都溶血了，再重送喔！」

——我現在是真的快哭出來了。媽的，莫非定律就是出現在這種時候。越不想重抽的麻煩病人越容易溶血，我已經不只遇到一次這個狀況了，為什麼我積陰德的部分不能點在我的工作上啊！

我躲在廁所深吸一口氣——至少剛對我們丟鐵盤的爸爸還躺在重症區床上，趁暴力家屬

還沒回來前趕快重新抽一次。

「妳明明可以不用自己抽的。」昱軒在我背後說。我望著空無一人的鏡子，鏡子無法顯現他的身影，但我還是習慣性看著他大概在的位置，說，「等等我就會叫救援了。我不想再被丟一次鐵盤。」

「不然我下手再重一些？讓他昏過去久一點？」

「不用了，他應該不會那麼快回來。」我很有信心地說。之前的經驗來看，昏厥的病人應該都會觀察好一陣子……

……看到左手戴著病人手環的爸爸抱著小孩坐在病床邊時，我當場想死的心都有了。

「我們可以幫妳騙過監視器？或者幫妳支開孩子的父親？」民祐青提議，但直接被我否決了。

「不能總是依靠你們，我自己用正常人的方式處理就好。」決定好要遵循正常人的方式後，我先把最資深的學姊找出來，學姊再找了主治醫師，又打了電話跟小兒科病房借了另一個資深學姊下來。由於這樣的陣仗看起來「很有誠意」，爸爸自然也安靜了許多。在這個堅強組合之下，我連孩子都不用碰到，在旁邊遞物品就可以了。

「這樣才對嘛！醫生我跟你說，你旁邊那隻菜鳥技術有夠爛，還很沒禮貌，這樣的人也能當護士——」

聽到這種話，心情不可能好。問題就在於類似的情境偶爾就會遇上一次。再多遇上幾次，或許我就會辭職了吧？我尋思著。我已經很幸運地有昱軒保護，不僅讓我閃過拳頭連針頭都幫我擋掉。不然前陣子我才聽到病房有學姊被家屬潑牛奶，更之前也有過扯下病床的電線甩在學妹臉上的，還有大半夜因為被勸導不能在病房吸菸所以拿拐杖打人的——

我不知道這些人當下腦袋在想些什麼，但我們沒有權利拒絕治療病人，只能換一個人上前繼續面對潛在的暴力情境。

血抽完後全部人就地解散，深夜的兒科急診區又只剩下我一個人留守。因為只有一個病人的緣故，兒科急診區格外的安靜。育傑弟弟的父母折騰了一個晚上也累了，兩人半瞇著眼睛伴在兒子身邊休息。

既然鬧事的都已經睡著了，那我也可以稍微休息一下了……正當我準備去喝杯咖啡讓我撐過後半夜時，頭頂的電燈忽然閃爍了一下。

「昱軒？」

「不是我。」他搖頭道。

也對，宋昱軒很清楚醫院都是一些嬌貴的儀器，會特別收斂好自己的陰氣不造成破壞。

祐青祐寧常在醫院晃來晃去也不見她們影響醫院的電路——

或許真的只是電壓不穩吧？我原本要把這個事情拋在腦後，怎知背後忽然傳來抽泣聲。

曾育傑小弟弟只有一歲，一歲的小孩子哭就是大哭，不可能有抽泣聲。我回頭，果然見到一個大男孩坐在病床上，臉埋在膝蓋裡哭泣。

他的腳是半透明的。

我先把視線放到工作車上的電腦，電腦上的病人名單多跳了一個名字：余立鴻，七歲。檢傷單簡單打上一句話：**到院前心跳停止。疑似被繼母用水果刀砍傷。**

同時，急救室的方向吵雜了起來。

「插管的東西呢！」

「不要光顧著抽血快壓啊！」

我往急救室的方向探頭，正好瞧見警察在跟主治醫師交班。警察講得又急又快，「——鄰居聽到弟弟的慘叫聲後報警。警察和我們抵達的時候，弟弟已經沒有意識沒有心跳，整個客廳都是血。繼母當時手上握著沾血的菜刀，已經被警察帶回去了。精神恍惚，應該有吸毒。」

「爸爸呢？」

「不在家，也聯絡不上。」

我望向哭泣的弟弟，他的雙手有很多刀傷，那是本能抱著頭防禦的時候被砍傷的傷痕。我柔聲地問，「是余立鴻弟弟嗎？」

對名字有反應的靈魂抬起頭，稚嫩的臉孔遍布好幾道刀傷，致命傷大概是脖子的那一道，又或者是肚子那一道……

「我可以坐在你旁邊嗎？」

他又點了點頭，我才坐在他旁邊。當我助理已久的昱軒見到這一幕，自動退到門口，把提著鐵鍊前來的黑白無常擋在門外。祐青和祐寧還留在我看得見的地方等待我的指示。但我眼角餘光都能看見兩人露出不捨的表情。因為我們都知道黑白無常來到就代表救不回來了。外面再努力急救都沒有用。

這孩子才七歲啊……

「我好痛——」余立鴻弟弟的聲音仍帶著死前的恐懼，「阿姨、阿姨拿刀砍我……她還踢我的肚子……」隨著余立鴻弟弟的描述，原本的撕裂傷開始湧出鮮血，染紅了他的衣服。

「再一下子就不會痛了。」我連忙打斷，不讓他回想起可怕的過程。我將立鴻弟弟抱在懷裡，輕聲地說，「很快的，你就會離開阿姨，去一個沒有痛痛的地方。」

「——不會再看到阿姨嗎？」

「不會喔！」我搭著他的肩膀，「而且會有很多的玩具——你喜歡車車嗎？」

「喜歡……」

「那麼你跟著那兩個漂亮的姊姊走，好不好？」這是祐青祐寧出場的暗示。為了不嚇著孩子，兩人來到余立鴻弟弟身邊，祐寧柔聲地問道，「弟弟，你可以自己走嗎？」

「我——」弟弟的視線往下，望著半透明的雙腿疑惑道，「我的腳怎麼……？」

「噠噠噠……」瞬間，兒科急診區的照明忽明忽暗，工作車、點滴架等物品都發出不祥的震動聲。

「不然姊姊抱你好不好？」祐青偷偷肘擊說錯話的妹妹，對著余立鴻弟弟溫柔地微笑，張開雙手尋求弟弟的同意。余立鴻弟弟很快被轉移了注意力，對她點了點頭。

祐青輕輕地抱起余立鴻弟弟往門外離開。踏出兒科急診區之前，余立鴻弟弟紅通通的雙眼望著我說，「謝謝阿姨。」

幹！叫姊姊！或許表情太過明顯，沒有一起離開的祐寧在一旁憋著笑，這才讓冥官們的氣氛緩和了一些。我則抬頭望著已經恢復穩定的日光燈，內心感嘆著。

唉，這種受傷的靈魂再多來幾個，我就永遠不用離開急診了——我根本放不下。

「簡小姐。」

「幹嘛？」只見祐寧往我身後一指，我也傻傻的回頭，這才發現育傑弟弟的父母雙眼睜得渾圓，驚疑不定地望著我。

我也不知道當時在中二些什麼，明明滿腦子都是「媽的我忘記兒急還有別人了啊啊啊！靠夭，什麼時候起來的！他們看到了多少？幹，為什麼宋昱軒沒有提醒我！」這類的吶喊，但那時的我竟然豎起一隻食指慢慢放在嘴唇前，還邪邪地笑了一下。

「噓。」

兩位父母臉色變得慘白，身體明顯抖了一下。

之後育傑弟弟的爸爸好像換了一個人，配合度變得超級無敵高。不敢與我對上視線之外，「妳」還直接升級成了「您」。搞得整個急診室好不疑惑。該不會這就是昱軒沒提醒我的原因吧？

十足一個欺善怕惡的混帳。

如果說專挑弱小欺負叫做欺善怕惡，那麼特別挑不能欺負的人欺負就叫做自找死路。

我絕對不是在影射內境與冥府，真的。

「你有感覺比較好嗎？」

我坐在沙發上，嘴巴心不在焉地提問左邊的殿主——因為我的注意力都在電視螢幕和手上的遊戲控制器。

一向最溫柔的第四殿殿主——五官王平淡地說，「妳是說讓我玩戰爭遊戲一百場試圖降

低我對傷人的罪惡感這點嗎？完全沒有。」

那叫不想傷人的人／鬼去傷害別人，大概就是種精神虐待吧？阿官從以前就很溫柔，連司掌的範圍都是欠債、逃漏稅、詐欺這種小事。

人界還有一堆人逃漏稅或者做詐欺，有一部分一定是阿官太溫柔的緣故。

我雖然盯著電視螢幕，但嘴巴還是記得要諮商，「看得出來……但你連放技能都放那種沒什麼殺傷力的幹嘛啦！靠夭，你的藍存這麼多是拿來浪費的嗎！敵人在前面快打啊！」

……好啦，後面有點忘記了。

「幹，不想輸出就給我去後面當輔助啦媽的——幹！又輸了！」坐在我右邊的蒼藍把遊戲控制器一把摔在地上，脆弱的遊戲機「喀嚓」一聲，響得我心好痛。他指著殿主咆哮，「幹恁娘欸，跟你組隊打遊戲不是在治療你是在虐待我吧！」

我扯著肥宅的耳朵怒吼道，「你給我修好！我訂了一個月才買到最新款的遊戲機耶！靠夭是誰教你生氣的時候可以摔東西的！」

「幹幹幹！那是誰教妳可以隨便扭別人耳朵的？我還未成年耶！信不信我打給防家暴專線，到時候妳就死定了！」

「你打啊！你打啊！媽的你連耳朵的油都那麼厚我還捏不出瘀青呢！」

「兩位先冷靜一下——」

「閉嘴！還不都是因為你玩得太爛！」意識到我們兩個吼了一模一樣的話後，我和蒼藍互瞪了一眼——

「噗哧。」

「笑屁笑喔……」本來都準備打起來的氣勢瞬間煙消雲散，他一臉「妳有病嗎？」的表情看著捧著肚子狂笑的我，無奈搖搖頭後開始幫我修理遊戲機。一個彈指之間，我的遊戲機又恢復成原本的樣子，連道刮痕都沒有。

「沒有啦，我只是在笑我竟然因為殿主打遊戲打太爛跟一個肥宅高中生道士吵架。想一想，這世界其實很和平嘛！」

「明明現在在打仗，妳還說得出這種話……」

「沒辦法，你們的戰爭燒不到我身上，連電視新聞都沒報導。我覺得沒什麼戰爭的感覺很理所當然。」我癱在沙發上慵懶地看著五官王苦惱地說，「所以我要怎麼解決你的問題呢……」

「讓他欣賞內境獵殺冥官的檔案紀錄？」

「你可以不要那麼殘忍嗎……不對，有那種東西嗎？」

「出完任務後，一些特別的任務會提取記憶做為影像保存。主要是為了之後的研究，還有確保底下的人真的有在做事而不是白領錢啦！」

「為什麼你知道得那麼清楚？」蒼藍的話反而挑起阿官的神經，他危險地瞇起眼睛，「你還有跟他們聯絡嗎？」

面對指控，蒼藍回以一個白眼，「內境什麼時候攔得了我？自然是在他們年度報告的時候混進去聽了整場，順帶憋笑了整場，差點就憋出內傷了。到底為什麼世界上能有一群自我感覺良好爆棚的小丑啊？」他說完後才想起我在旁邊。他掃了我一眼，似乎在盤算要不要清洗我的記憶。

……錯覺吧？

身為冥府沒牌沒照的心理諮商師，把跑遠的話題拉回來也是工作之一。我插進兩人之間，「不要用這種會加重精神創傷的方法。」

「如果是叫他出門打人呢？從小事練起？」

我掃了一眼足以殺人的視線，「現在是我的個案，是我在諮商。讓你繼續留在這裡已經很不錯了，管不住自己的嘴巴就給我滾出去。」

「明明是妳把我找來解決遊戲機被冥官摸過就會爆炸的問題——好好！我閉嘴！先把掃把放下好不好……」畢竟我都已經出動到掃把了，多待在同一個空間一秒只會增加一分被颱風尾掃到的風險，蒼藍也一步步往門口挪動身體。

「喂，等一下，」這時阿官忽然出聲，「我覺得你留下來比較好，我也有些問題想問你。」

「不要這樣叫我！」

此時的我正把掃把擺回陽台，完全不知道為什麼蒼藍忽然反感地大叫。

「對啊，人家有名有姓，這樣子喊人家也太沒禮貌了吧？」我一邊說一邊回頭，赫然發現蒼藍愕然的臉，和正對著我的肥厚手掌，看起來就是要洗我記憶的前奏。不僅僅是蒼藍，就連阿官都一臉錯愕地望著我。

「呃——」我不解道，「我聽到什麼不該聽的了嗎？」

肥宅道士一臉認真地問我，「有人說過妳很遲鈍嗎？」

「沒有。」

「那觀察力太低呢？」

「我是冥府的心理諮商師，觀察力怎麼可能低落啊！你要不要多去打聽我的諮商過程啊？你是在質疑我的專業嗎！」

蒼藍好笑道，「妳不是常說自己是無牌無照的心理諮商師嗎？哪來的專業？」

「專業一定要考證照嗎？」我反問，「演員不需要證照或執照也能當專業演員啊！真正的專業是自身能力，不是會不會考試好不好？而且世界上是有冥府心理諮商師的執照給我考嗎？」

都說到這個地步了，蒼藍也比較放鬆，現在只等他把手放下來──

「既然妳都說不用執照了，那今天就換我當個一日冥府心理諮商師吧！」

啥？你這傢伙到底在說什麼──

「五官王有心事找我聊，佳芬姊妳就睡一下吧。」

「等一下，你──」話還沒說完，我已經抵擋不住突然襲上的睡意，閉上雙眼沉沉昏去。失去意識前的最後一個念頭是：

幹！有人在搶我生意啊！

我醒來的時候，搶我生意的肥宅老早跑了，阿官也已經離開了。

該死，也不知道蒼藍到底說了些什麼……下次被我發現阿官性格大變，在人界大開殺戒的話，那肥宅就死定了。

「昱軒，那兩個傢伙去哪裡了？」

……

「宋昱軒，聽到請回答？」

回應我的一樣是沉默的客廳。

我看了一眼日曆，今天是我難得放假的日子。通常放假我都會去冥府晃個兩圈，拜訪殿主之餘再做個諮商。但沒有昱軒我就無法下去冥府……

那麼現在我要幹嘛呢？

「出去吃點好吃的好了。」如果連昱軒都不在的話，我就不用擔心吃得太香會讓他難過了。午餐一份鐵板燒、下午茶一塊千層蛋糕再配一杯熱拿鐵，這個下午真是太幸福了——

——真是爛透了！

「佳芬小姐，妳聽我說——」

「我什麼也不想聽你說。」我回頭瞪了一眼尹先生，「在我叫警察來之前，你最好滾出我的視線。」

尹先生彷彿聽見了很好笑的笑話，「佳芬小姐，妳怎麼會天真的認為警察對我有用呢？」

「因為我還不想叫冥官，還是你想要我直接叫冥官上來救我？」

「啊哈哈哈，我還是比較傾向能夠不受干擾地好好跟妳講話。」尹先生乾笑了幾聲，「如果不跟妳聊天，我怎麼能夠多了解冥府呢？當初不是妳提議讓我加入妳那邊的嗎？」

「不然我們換一個做法。」我提議道，「你跟我說說冥府，我來聽聽內境對冥府的了解程度。」

這我就有興趣了，那次聽尹先生介紹冥府的時候，他只把我當有陰陽眼的普通人在科普

相關知識，現在能更深入地聽笑話了。

「那妳有打算糾正我錯誤的訊息嗎？」會這樣子問就代表願意接受我的提案了。我痞痞地回道，「看我心情囉！」

因為我很怕死，最後找的地方是很靠近蒼藍高中的咖啡廳。果不其然，我跟尹先生一踏入維塔莉絲私立中學校園外方圓五百米，蒼藍就來了電話。

「佳芬姊，妳旁邊的人是誰？」

蒼藍到現在還沒見過尹先生，頂多算是擦身而過……就不知道有沒有冥官多嘴跟他提起什麼──顯然沒有。

「他是內境的人──」

「我知道，所以他為什麼會在妳旁邊？」蒼藍的聲音聽起來很不開心，說不定因為數學課解不出答案很煩，有遷怒的成分在。

「我們只是想要友善的聊天──」

肥宅道士完全不給我解釋的空間，「妳特地把他帶到我學校附近，是妳不大信任他的意思吧？那為什麼還要與他接觸？妳什麼時候認識他的，見過幾次了？」

「幹，你又不是我男朋友，管那麼多幹嘛啊！」我沒好氣地說，被小自己八歲的高中生查勤心中難免有點不爽，「對，我不大信任他、與他接觸是我的好奇心在犯賤、之前在急診遇到的，他是病人的朋友，姓尹，這樣你應該有印象了吧！」

蒼藍咬牙切齒地說，「……佳芬姊我真是服了妳。妳到底有沒有一點危機意識啊？」

「你說我沒有危機意識？我這不就來到附近了嗎？」

蒼藍沉默了三秒鐘，然後開始鬧脾氣，「我不知道怎麼跟妳講啦！把電話拿給他。」

「你幹嘛要跟他講話啦──唔、唔！」

靠夭這胖子每次施法都沒有履行告知義務──因為我的嘴巴被封了，只能認命地將手機一把砸在尹先生的臉上。我還不忘把音量調大才聽得到蒼藍到底跟尹先生講了什麼。

結果蒼藍劈頭的第一句話就是：「你會放聲音隔絕法術吧？」

……然後我就都聽不到兩人的聲音了──沒關係！我剛剛還有按錄音鍵──

……也被尹先生按掉了。

幹恁娘欸！魏蒼藍你可以不要這麼了解我嗎？那如果是讀唇語呢……重點是我不會讀啊！

法克！地上那塊磚頭看起來很稱手，拿來砸教室窗戶正好──

「妳朋友叫妳冷靜一點，不要肖想砸窗戶。」

我還有隱私嗎？你這個仗著會魔法就隨便讀心的傢伙──

「他說他沒有讀心，但感覺就是妳現在會想的事情。」

……我認輸。

接著尹先生就沒有當傳話筒，而是跟蒼藍好好的講電話。隨著越講越久，尹先生的笑容也越來越僵硬。最後掛斷的時候，臉看起來超臭。

「你們講了什麼？」我接過手機，尹先生不大高興地說，「妳不要知道比較好。」

「怎麼連你也這樣說啦！」

「好啦，他只叫我不准欺負妳。」

最好只有這麼一句話啦，我聽不見你們講話不代表我瞎了好嗎？但尹先生不想多加解釋，我也只好讓他唬弄過去了。

「欺負我？哼，也不想想我背後都是些什麼人。」

「是啊……也不想想妳背後是什麼人。」尹先生意味深遠地說，「所以妳是說哪間咖啡廳呢？」

「我先講哪個部分比較好呢？」尹先生問。一時之間我也想不出主題，只好從最基本的入手。

「你就把我當剛進內境的人，跟我介紹冥府？」

「冥府就是人死後的地方——妳需要如此基礎的知識嗎？這種程度的基礎知識不需要我講，我可以直接給妳幾本內境的繪本或圖畫書看來打發時間。」

「你們的圖畫書一定都把冥官畫得很可怕。」

尹先生沒有否認，「冥府就是我們所謂的『壞人』，妳會特別把壞人畫得很帥嗎？」

你一定是沒看動漫，我可以推坑你好幾部反派超帥的動漫給你，每一個都又瘋又壞又帥！

我還是有克制自己不陷入花痴狀態，畢竟眼前還有一個到現在還不願透露名字的內境人士坐在我面前。

「不然，你來說說冥府和內境的恩怨呢？最一開始是怎麼結仇的？」之前有聽黑無常說過，但從另一個角度聽故事也是很有趣的。就好像一般的超級英雄電影都著重於超級英雄的威風時刻，但如果有以反派為中心的犯罪電影也挺有趣的。

尹先生挑起半邊眉毛，「妳該不會想當中間協調人吧？」

「當和事佬不是我的強項。」我沒有鼓勵諮商個案去打得血流成河殿主們都要偷笑了！

「你就當說個軼聞趣事給我聽聽？」

尹先生沉思了一會，最後決定說個近代的恩怨，也是造就現在冥官獵殺運動的主因之一，正好就是我想聽的那一個故事。

這個要先扯到內境曾經勢力最大的家族——黎家的沒落。

黎家現在這個年代已然沒落，只剩下輝煌的故事和悠久的歷史可以說嘴。但百年前，就算是黎家的最小分支都能在內境占有一席之地。

當時內境只有兩個家族：黎家和不是黎家，可見其囂張程度。

但就在這個家族最鼎盛的時期，分家的孩子一個接一個失蹤。

不是死亡，是失蹤。至少分家都是這麼對外公布的。對黎家的說法，內境不禁有些納悶，也有其他家族自告奮勇要協助搜索失蹤的孩子，但都被拒絕了。

「不需要你們幫忙！我們黎家不是好惹的！」黎家撂下了那麼一句話，拒絕了外人的幫助。

這個風波沉寂了十餘年，下一個黎家的消息震驚了整個內境。

黎家家主被殺害了。

第一批抵達的人是這麼形容的：現場宛如被龍捲風席捲過，所有的花草樹木被連根拔起，地面出現裂痕，而家主的屍體倒臥在地上，臨死前彷彿看到了令人驚恐的東西，表情凝結在生前的恐懼——

兇手至今逍遙法外。但在家主緊握的手上，發現了冥府特有的縛靈繩殘片。黎家也一口咬定是冥官殺害了家主。黎家祭出鉅額獎金，巨賞在前，各方內境人士前仆後繼地開始獵殺冥官。各地也陸續出現了冥官殺人的零星事件。

自那之後，黎家就沒落了。家主忽然逝世，本家乃至分家的青壯年都在覬覦家主寶座，展開了家族內鬥，原本由家主凝聚的大家族瞬間變成一盤散沙。其他家族看準了時機，慢慢將長年把持內境的黎家一個個從內境的要位移出。少了資源和地位的黎家，自然而然邁向衰落……

黎家……好幾次內境的人都這麼喊蒼藍的來歷，但是蒼藍都否認了與他們的關係，而且每次在他眼前提到黎家他都會很不爽……莫非是沒落的其中一支分家之類的？但蒼藍的父母經營的是水果園不是道觀，他們也不知道法術的事情……

隱隱覺得蒼藍是黎家的人，但究竟是何種形式就不得而知了。

回到尹先生上，我問他，「你說的這些都是幾百年前的事情了，仇恨不應該維持這麼久。為什麼最近又興起了獵殺冥官的運動呢？」一個沒落的家族是要怎樣能夠影響現代？

這個故事的疑點很多，但本來事件的真相就會在口耳相傳之間被扭曲，不同的立場還會用不同的方式流傳下去。幾百年前的故事到底有多少可信的程度，我抱持保留態度。

「還不是因為最近冥官被目擊到的次數越來越頻繁了。」尹先生說，「因為被獵殺的緣故，冥官從人界消失了好一陣子。直到十幾年前，冥官忽然變多了，各家族也擔心冥官殺人的事件重演，所以又開始了冥官獵殺運動。起初還沒什麼人管，畢竟花時間獵冥官是吃力不討好的事情。但最近陸續有冥官出現在人類住宅區的報告，冥府也動作頻繁，內境的神經自然繃緊了許多。」

「你們這樣的做法不就跟因為一兩隻鯊魚吃人的零星事件，而去屠殺所有鯊魚的道理一樣嗎？」

「鯊魚有生命，冥官沒有。」

「這是錯的。」我篤定地說，冥官雖然只是一抹靈魂，但他們一樣有感情、一樣有記憶。生命不只是「呼吸心跳」這麼生理的東西。魔法法術鬼魂都已經這麼不科學了，憑什麼要用科學定義生命？

「佳芬小姐真的很為他們說話呢。」尹先生玩味地說，「妳到底是冥府的什麼人呢？」什麼人？我就只是冥府專用的心理諮商師。但這個心理諮商師有十個殿主蠢哥哥在背後撐腰。

我選擇性忽略了後面一句，回答道，「因為人類是錯的。你要不要去統計冥官一年殺了幾個人？人類一年又殺了幾個人？真順著你們的正義行事的話，你要不要現在就自刎以示負責？」

「那佳芬小姐要不要對冥府負責呢？」

「你說什麼？」

「最近陸續有冥官出現在住宅區……第一次觀測到是去年冬至，就是妳住的那棟公寓。確切哪層哪戶調查不出來，不過——」他看著我，似乎已經知道了答案，「去年冬至……十二月二十一日下午三點，妳家發生了什麼事嗎？」

去年冬至……

「不知道，我打翻了一個杯子吧——快半年前的事誰會記得啊！我問你前天晚餐吃什麼你都不一定記得了還半年前！」

「我想也是。」尹先生聳聳肩，自然地看了眼手表，「接下來我還有別的事情要辦，今天可能就先到此為止了。跟佳芬小姐聊天很開心，聽聽不同的看法也很有趣。」

「我沒有特別開心，我的假期被你毀了一半，真的很謝謝你。」我挖苦道。尹先生起身前，從口袋裡掏出一張紙條。

「上次妳說的，如果我加入冥府那邊，你們可以保我十個人不在這次的戰爭中被冥官殺害。」他鄭重地說，「這是其中四個人。」

我頓了一下，偷偷瞄了一眼隔壁桌的客人，然後是咖啡師，接著是正在擦桌子的店員……

在對上視線的時候，咖啡師對我點了點頭。

大家「又」都到齊了啊……不知不覺就把附近的人都換掉了呢！應該是蒼藍打的小報告

吧？

「等等，」我喊住準備離開的尹先生，「我不能幫你。」

尹先生的臉色大變，很快又鎮定下來，「為什麼？」

「因為你不是尹先生。」

「我是尹先生沒錯。」他誠懇地說。但謊言說得再誠懇還是謊言。

「應該說你不是我認識的尹先生。今天應該是我跟你第一次見面吧？」我支著下巴，眼角餘光看到店員對我比了一個大拇指。

「我的確是……」

「別裝了，你當我是傻子嗎？你講話那麼文謅謅的，他也比你有耐心多了。」我戳破他的偽裝，「尹先生」的表情也越發僵硬，「剛剛電話裡的『那一位』知道你不是尹先生後還允許你跟我接觸，就代表他判定你不是威脅吧？至少跟我聊聊天沒什麼影響。讓我猜猜，他叫你報上名字，你報了尹先生的名字之後也被他拆穿是冒牌貨，對吧？所以你是雙胞胎？變裝？還是你們有什麼易容術的東西可以改變外貌？」

尹先生沉靜了幾秒，最後吞吞吐吐地說，「……雙胞胎。」

「那還真是謝謝你解答了我的疑惑。」我向後推開椅子，打算帥氣地轉身就走。但「尹先生」拉住了我的手，忽然的肢體接觸也讓周圍偽裝的冥官緊張了起來。但顯然這個「尹先生」沒有察覺，自顧自地說著，「拜託妳了，我有老婆、兩個兒子、一個還在學走路的小女兒，他們對我很重要，我不希望他們死在這種無謂的戰爭中——」

「你口中的『無謂的戰爭』是你們內境自找的。」

「我知道，但不代表我們這些基層人員認同高層的做法和想法啊！」他聲嘶力竭地大喊，語氣中帶著滿滿的無助，「我們家的長輩從以前就教育我們寧可惹怒天界也不可以去招惹冥府，但高層只當我們的勸誡是對冥府的恐懼造成的——」

「你應該勸得更努力一點——」我涼涼地說出真心話，馬上就被「尹先生」氣急敗壞地打斷了。

「何嘗沒有！不然為什麼我哥會去求妳——」他看起來很著急，抓住我的力道越來越緊，「妳知道我哥從城隍廟回來那天臉色多難看嗎？我看著他一次又一次修改那十個人的名單，每一次名單都有我，卻容不下我的妻子和孩子——」

「我求妳了……」他近乎哭腔的聲音對我說，「我沒關係，但我真的希望老婆和小孩能夠好好活著……」

唉……戰爭不就是這樣子嗎？高官權貴用一張嘴發動攻擊，然後躲在最堅不可破的防空洞裡，受苦的只會是平民百姓。

他殷切懇求的表情映在我眼中，顯得更諷刺了。

當初談判時，殿主們是不是也用了一樣的表情跟內境請求和平共處呢？

我對著空氣輕喚，「……昱軒。」

「我在。」昱軒的出現嚇得冒牌尹先生退了一步。我也很慶幸他有在，假如沒在的話我得換一個人喊，氣勢就輸了！

我看著名單，四個名字的確是二男二女的名字，除了一名女性之外其他都姓尹。這使人不禁一陣心酸……

老實說，我也不想當壞人。

「你叫什麼名字？」

「我？我姓尹——」

「我要全名。」

「尹重汶。」跟他確認過寫法後，我把他的名字也標了上去。然後補充一句，「如果要接受冥府的保護，你得加入冥府這一方，這個條件你能明白嗎？」

「明白。」

「昱軒，去查證一下名單的真偽，然後把名單給殿主，讓他們自己看要怎樣操作。」昱軒默默地接過名單，慎重地收入懷裡。他還冷冷地提醒尹重汶，「簡小姐幫你求情是你運氣好，但不一定能成功，這要看殿主的心情。懂嗎？」

「了解。真的很謝謝冥府願意給我們小家庭一個活下來的希望。」身為求生存的一方，尹重汶卑微地感謝道。

「還有一件事，我覺得這是很基本的附加條件，」我靠在桌子上，語氣冰冷地說，「如果你哥或你把我的事情告訴別人，你們全家就死定了。」

尹重汶離開之後，我整個人癱在咖啡桌上，「哇啊……裝模作樣好煩啊……」尤其最近裝模作樣的頻率真的變高了許多。

「我倒是看妳演得很開心——要再一杯咖啡嗎？」中式黑色古裝的宋昱軒提著咖啡壺問。

「不要，我要可樂。我需要很甜很甜的東西……」得力的助理還真的不知道從哪裡變出了一瓶可樂，重點是有記得幫我加冰塊。

又帥又體貼，有這個助理真棒啊……

「妳也可以本性演出，比如說拿掃把然後痛罵他一頓之類的。」

「這情境完全不適合吧？」我白了一眼，然後轉了一個話題，「現在死傷人數如何？」昱軒也很盡責地報告，「三十人死亡，六十三人輕重傷。」

「冥府呢？」

「目前是零。」

太好了……

「十二月二十一日……果然。」

去年的十二月二十一日正是明廷深在我家諮商，不小心談起了生前，結果陰氣暴漲的那天。

……結果我還是給冥府帶來了麻煩。

【第十三章】

雷同／迴異

「已經有個案在外面等了，妳要先叫進來嗎？」

「不用，」我一一掃視今天回診的個案，「我想先看看今天的個案都是什麼類型的。」然後再照我的心情跳著看！

愛情、事業、人際，這三種類型還是占大多數。冥官沒有金錢的煩惱所以不會有人來問財運，不然財運也是一般占卜中常問的項目。健康就更不用說了，我就不相信冥官會生病。當冥官真好啊……想到這裡我不禁羨慕了起來。此時，我的眼光剛好掃到一個名字。

「周迎旭，為什麼有人掛號會用真名啊？」

聽到我的話，昱軒湊了上來，確認名字之後一臉訝異，「是他？他怎麼會過來呢？」

「你認識他？」

「全冥府都認識。他是一位年資很大的前輩……應該也是目前全冥府任職最久的冥官。」

被他這麼提醒，我想起了我微薄的歷史知識，不可置信地問，「那個『周』該不會是周朝的周吧！」

靠，周朝到底是幾千年前啊！

「他是哪類冥官啊？」

「聽說他不管是文官還是武官都當過，但現在應該是文官，紀錄冥府歷史和事件。」

怎麼選了一個聽起來很無聊的工作？

決定了，就先看這一個！我讓昱軒把他請進來。

冥官的外貌年紀通常落在二十歲到三十歲這個區間，他們的外貌跟幾歲死亡沒有任何關聯。秦曉蕾那副只有七歲的蘿莉外表就已經很少見了。忽然看到六十歲的中年男子更讓我感到意外。我真心以為每個冥官都不想認老。

面對大大大大大大……前輩，僅是宋朝的昱軒很是敬重，平時開門叫號就不甩個案了，這回還把個案請到了問診椅上。

但就算他是大大大大大大……前輩，我的原則就是一視同仁。我連殿主都一樣「物理治療」了，會去管他是幾千歲的冥官嗎？

既然一視同仁，那麼就是一樣的開場白。

「你好，你今天有什麼想要諮商的嗎？」

「我可以先請這位行刑人離開嗎？」唐突的要求，但不算罕見。有時候個案還是希望越少人聽到他們的煩惱越好。不需要第二句話，昱軒已經離開了諮商小屋。

周阿伯（叫阿伯真的無違和，我平常上班看到六十歲的男性都會喊「阿伯」）確定昱軒離開了之後，才轉頭看向我，「簡小姐您好，我是周朝的迎旭——」

強調了自己的年齡，不是常有人誤會，就是想用年齡來壓我，要嘛是這次的諮商和他的年齡有關——

「——我想要真正意義上的死亡。」

「你給我三秒鐘。」說完，我轉過身背對著個案——

靠夭，為什麼諮商冥官都可以遇到想安樂死的案例啦！冥官不是已經死了嗎？原來還有人會想要進一步的「消失」嗎！安樂死這個議題很廣很大牽扯的層面又很深，法律、理性、宗教、人性全部都可以跟安樂死扯上一點關係……

但重點是，我是心理諮商師！心、理、諮、商、師！不是萬事屋更不是安寧病房！就算我想成全他，我也沒有方法能夠讓他「解脫」啊！所以我到底是該讓他死還是不該讓他死啊？安樂死這個議題全世界都在吵，在法律管不著的冥界，我真的有那種權利嗎？雖然說我想來點新鮮的東西諮商，但這也太過有趣了吧！

等一下，這位阿伯為什麼忽然下定決心來找我安樂死呢？

「為什麼你忽然想要死亡呢？」

周阿伯很平淡地說，「因為簡小姐認識魏大人，所以希望妳能幫我引薦。」

魏大人……莫非他講的是魏蒼藍？那個最近搶我個案的肥宅道士高中生？現在我還兼當蒼藍的仲介或經紀人了嗎？

「你只需要我幫忙引薦，意思是你已經想清楚死亡這件事了嗎？」

「想清楚了。」

話不多的一個阿伯，這反而更難了解他的前因後果。

妳就讓他去找蒼藍，這個諮商不就結束了嗎？我心裡有個小小的聲音說，但我總覺得直接讓他去找蒼藍並不是最好的方式。

我決定換個方式會談。

「周阿伯，我知道你對死亡有充分的準備，但其實心理建設不足的是我。」我先老實承認了自己的不足，「我是人類，職業是急診護理師，平時的工作是救人。就算你已經是冥官，但是抹消冥官這種事——」

「拜託妳了，」他的聲音很疲憊，明顯不想多聊。「我已經在這個世界上太久了。我只求一個解脫。」

這到底……

我揉著太陽穴，決定施行緩兵之計兼求外援。

「……明天晚上八點來我家。」

「怎麼忽然要請我吃披薩啊？」某個肥宅高中生道士很開心地嗑著雙倍起司總匯披薩，

「是想拜託我什麼事嗎？」

「……的確有事想請你幫忙。」但真實原因實在難以啟齒。正好，此刻風鈴清脆的聲音響起。

蒼藍咬著烤雞翅，嘴巴含糊地說，「嗯？有冥官要來諮商嗎？是殿主嗎？我需要迴避嗎？」

我避而不答，逕直打開大門邀請周迎旭進來。見到長者模樣的冥官，對冥官很熟悉的蒼藍也是一怔。

「魏大人您好，我是周迎旭。」

蒼藍幾乎跟我一樣的反應，「周？周朝的周嗎？」

「是的。」肥宅握著雞翅的雙手懸在半空中，大臉已經呈現放空狀態。但是周阿伯可不想要浪費時間等蒼藍回神。他繼續說，「我希望大人能夠消滅我。」

蒼藍愣了三秒鐘，然後清脆地彈了個響指，周阿伯的腳下出現了白色的火圈，白色的火光兇猛地把周阿伯吞噬殆盡，火光散去之後連灰都不剩。

我甚至來不及阻止蒼藍，只能驚恐地叫道，「你——你做了什麼！」

「我只是把他送回冥府而已，佳芬姊妳冷靜一點不要搖我啊。」我收手之後，蒼藍立刻放下雞翅，換他抓住我的肩膀搖晃著，「妳到底在想些什麼？把這種冥官帶到我面前是想害我嗎！」

「我不就是需要你的幫忙嗎！」我用力打掉肥宅油膩的手——該死，現在衣服沾上油漬了，這到底要怎麼洗啊！想到這裡，我的心情更不爽了，回嘴的音量也更大了，「就算我真的要成全他，我自己也沒辦法消滅他啊！」

「所以妳到底是要他消散還是不要讓他消散啊？」

這個問題讓我瞬間啞口無言，嘴巴如金魚般一開一合，最後吐出的卻是很不負責任的，「我不知道啦！」

蒼藍挑起半邊眉毛，說道，「佳芬姊，妳這樣真的很有問題耶！槍殺人類的時候妳眼睛眨都沒眨，現在要妳殺一個冥官反而猶豫了？」

「那個人類惹到我了，而且我都已經避開會一槍斃命的部位了，衰小真死了是他活該。」想到那個變態大叔我就來氣，但這位周朝的冥官……我真的狠不下心。

「……妳真的是冥府的好朋友。」

「難道說你不是嗎？」

「我？我頂多算是冥府的熟人吧？妳又不是不知道很多冥官不喜歡我。如果不是因為妳，我根本不想與他們有接觸。」

我冷冷地說，「現在是怪我囉？」

「對，沒錯。」下一句話蒼藍就講得很認真，「所以我不能幫妳殺了他。如果我殺了他，冥府會找我算帳。但是我也不想死，所以我會很認真地對抗整個冥府，屆時的傷亡會難以想像。」

「那我該怎麼辦？」

「去找殿主，說清楚是周迎旭自己想死的。如果他們願意讓我滅了他，我再滅掉他。」

我搖頭道，「我不是問這個。我是想問我應該成全他消散的願望嗎？還是讓他活下來？」

結果就連蒼藍也無法給我一個滿意的答案。

「就成全他啊，這是尊重他的意願不是嗎？用妳偶爾叨唸在嘴邊的病人自主權來看，不就應該幫助他完成心願嗎？」

但遇到不合理的情境，我們還是能勸退或拒絕。不管是醫師端還是護理端都一樣……

然後隔天的白班，我就遇到了一個一百零二歲的阿嬤在家裡昏倒，家屬匆忙送來急診，原來阿嬤只是血糖太低昏了過去，補個糖水就沒事了。但抽血卻意外發現有血癌，也就是俗稱的白血病。

「白血病？這個要怎麼治療？」旁邊的家屬是孫子，阿嬤的兒女都已經過世了，最親近的是大孫子和孫媳婦。

「哎呀，不用治療了啦，我活夠久了啦！」一百零二歲的人瑞還很硬朗，頭腦很清晰，甚至能夠理解血癌的意思。如果是以前，我大概就把她當成眾多病人之一，不治療基本上就等於沒我的事，等著幫她辦出院就好。但是現在，阿嬤的身影和那位老人外表的冥官重疊在一起。

……這樣子真的正確嗎？以人類的觀點來看，病人或老人如果用眾多醫療資源苦苦撐著，無效醫療會讓病人更加痛苦。當吃喝拉撒睡都需要別人照護的時候，那個人雖然不能表達，但他真的會覺得只有呼吸心跳的活著是滿意的嗎？

那存在了幾千年的冥官，覺得活夠久了想要離開……他們也不浪費地球資源，更不會有健康問題，撇除純粹一抹靈魂這一點，他在我眼前仍舊是活跳跳的一個冥官。我允許他尋死算不算見死不救或者鼓勵自殺啊？

我覺得我好混亂啊……

「佳芬姊，講白了妳只是不想經妳的手超渡冥官而已。妳就聽我的，讓殿主去做決定，決定之後他們自然會找適合的人執行。」

某肥宅的話再次在我耳邊響起，很不動聽的話，不過是事實無誤。

可惡，竟然被一個高中生肥宅看穿，稍微有點不甘心。但那傢伙好歹也是個萬能道士，就用這點來安撫一下自己的自尊心好了。

「學姊，妳在看什麼嗎？」想得太深入了，育玫學妹忽然從我身後冒出，嚇得我差點把手上的點滴甩出去。

「嚇死我了——有什麼事嗎？」通常會突然來嚇我的不是只有我家直屬嗎？怎麼妳也學了彥霓的壞習慣了？

「我只是問學姊午餐要訂什麼而已啦！今天吃火鍋喔！」育玫學妹塞了張火鍋菜單到我眼前。

「喔喔，好……」這間我們常訂，不需要看菜單我都知道要點什麼。我選了泡菜鍋中辣，配餐冬粉。學妹聽到我的點餐後驚喜得眼睛快掉出來。還沒等我來得及發問，育玫學妹已經小碎步地跑到不遠處的彥霓旁邊。

「也太準了吧！妳是學姊肚子裡的蛔蟲吧，這個組合到底要怎麼猜啊？」

「就是因為學姊喜好比較特別，所以我才會記得。」彥霓很有自信地說，見我在看她後比了一個勝利的手勢，「我已經幫學姊訂餐了，學姊不用擔心中午沒飯吃喔。」

……我這才驚覺現在已經早上十一點，我早上太忙錯過了訂餐。不過顯然我不用吃便利商店了。

有個貼心的直屬學妹真棒。我心底這麼想著，忽然發現視線無法從彥霓和育玫的互動移開。

她們兩個感情有變好呢！彥霓和育玟本來就差不多時間進來，又都是剛畢業的社會新鮮人，自然比較容易熟絡，共同話題也一定比較多。這樣也好，有了朋友之後彥霓應該就不會老是黏在我身邊了吧？

慢慢地，彥霓應該就不會對我那麼貼心了，那些貼心就會轉移到育玟身上了。不禁有點羨慕，又有點寂寞啊……

「我們那時候害怕了……」

「那現在呢！為什麼我出事之後不曾來看我！」

「佳芬，我不覺得妳需要我們——」

「我很需要！不管是『那一天』還是我住院的那一個月，就算是現在，我都很需要妳們！妳們為什麼要離開我——」

「——妳們怕的不是鬼，是我對吧！」

我甩了甩頭，趕快把過去痛苦的記憶甩出腦袋，現在還在上班，不能陷入負面情緒之中。想別的事情、想別的事情，我開始說服著自己。正好，這時候阿嬤和孫子的對話傳進耳裡。

「阿賢啊，我葬禮的時候要放玫瑰花喔！我要藍色的。」

「阿嬤，妳又不是要死了，不要講這種話啦！還有，沒人在葬禮擺藍色玫瑰花的啦！」

「哎呀，不跟你講你都放白色，白色很難看欸！還有，到時候你們全部都不准哭喔！吵死了。」

這阿嬤也太認真規劃自己的喪禮了吧！我看六十幾歲的孫子很無奈，但還是很認真地把阿嬤的要求記下來，周遭同仁也被一百零二歲的阿嬤逗樂了。

「阿賢啊，壽衣我要穿婚紗喔！白色蓬蓬的好好看……」

阿嬤妳真的有一百零二歲嗎？想法也太前衛了吧！

「不行啦——」孫子有點崩潰地喊道，「那個棺材塞不下去啦！」

這是重點嗎？

「棺材可以做大個一點？」

「會沒有辦法推進去燒啦！」

被阿嬤這麼一鬧，忽然覺得死亡也不是太可怕的事了。我對周迎旭的處置也有了個底。

不一定活著就是幸福。死亡有很多種形式，能夠自己選擇一個快樂的方式離開也是幸福的。

……明明最清楚這一點的是我才對。

周迎旭

主訴：「活」太久不想活了。

處置：經個案同意，稟報殿主後，十殿殿主一致尊重且同意個案的意願，給予個案七七四十九天的時間進行住處收拾以及告別，消散將由蒼藍執行。已告知個案如有反悔可隨時取消與蒼藍的預約。

備註：西周是西元前一一〇〇年，姑且算他三千歲好了。

「今天到此為止。」一貫無表情的精緻臉孔俯視著我，另外一張一模一樣的臉孔則是帶著慌張的神色跪在我身邊，神似的嗓音著急地問，「簡小姐！妳還好嗎？」

幹……把我摔成這樣還記得叫我「簡小姐」啊？我大字型平躺在廚房的地上，全身上下每個關節都在哀號，再加上激烈運動後肌肉抗議般的痠痛……

到底為什麼冥府和內境打仗，我需要被要求學習防身技能啊！我不是內境人士，更不是冥官，冥府的心理諮商師應該算是外包人員吧！

而且他們還要求我一定要在人間訓練，說靈體與冥官對打我隨時會有死掉的風險，但我覺得我現在也差不多可以去見對岸的阿嬤了。

「簡小姐可以再去跟殿主反應一次。」

「不，他們十個人根本聽不進我的話。」重點是，十位殿主傻哥哥超級無敵堅持我一定

要學會基礎的防身術。他們的原話是：「如果妳有魔法資質，蒼藍早就教妳一些魔法了。很可惜的妳沒有，只好遵照『一般人類』的方式來學習防身了。」

他們還特地強調「一般人類」四個字。

啊靠，一般人類也不是跟冥官學防身術的啊！冥官不管是力氣還是技巧都比人類強上太多了，是要我怎麼學！我跟祐青學了三個禮拜，還不是只有被摔在地上的分！

是祐青與我陪練的理由又更好理解了……因為雙胞胎姊妹中，祐青已經是比較不會傷害到我的那個了。但我真不覺得負責制定鍛鍊計畫的祐寧有好到哪裡去……她根本是魔鬼教官。

「我就不能像召喚師那樣，召喚冥官出來保護我就好了嗎？」我之前玩的遊戲中，召喚師的防禦跟敏捷都很低，應該比較符合我的設定。

「簡小姐可以再去跟殿主反應一次。」祐寧又說了一模一樣的話，這回接話的是在場唯一的男性。

「如果妳願意召喚殿主，殿主們需要特別安排祐青和祐寧教妳嗎？」宋昱軒涼涼地說。

雖然這句話很欠揍，但這的確是事實。

「殿主是能給我隨便召喚的嗎？」

「他們很樂意。」

「但召喚他們的後果很可怕！召喚他們就是真的昭告天下我跟冥府有密切關係了。」內境大概會把我當女魔頭，召集十萬大軍來攻打我之類的。

「決定權就在妳身上了。」

「你是覺得我活該被摔吧？誰叫我上次被綁架的時候不召喚殿主。」

「沒錯。」

欠揍的傢伙。

「昱軒前輩只是在擔心妳。」祐青溫柔地為昱軒辯護道。

「我當然知道。」我毫不客氣地送了一記白眼過去，卻發現投射白眼的目標人物不見了。

「昱軒呢？」二十分鐘前還在旁邊講風涼話，怎麼我洗個澡人就消失了？

「好像是殿主傳喚，前輩已經下去了。」說完，祐青忽然拉著祐寧站到我面前。我正疑惑著兩姊妹想幹嘛的時候，頂頭燈泡忽然一閃，原本身著制服的冥官姊妹花忽然換上了一襲黑色的裙子。

「簡小姐，妳覺得這樣的打扮如何？」

打扮如何……除了穿著的改變，她們原本蒼白的臉色也變得紅潤一些，嚴謹的髮髻放下

梳成了一個辮子。要說感想……

——很像正在服喪的姊妹花，其中一人手拿相框另一個拿黑雨傘就會更像了。

「妳們穿成這樣是想要去哪裡？」在給她們實質上的建議之前，我還是警覺地問上一句。

雙胞胎互看了一眼，最後是由祐青代表發言，「我們有聽說元奕容前輩的化形技術高超，甚至能夠騙過內境人士，所以跟前輩討教——」

「不，妳沒有回答我的問題。」我打斷祐青的話，「妳們兩個為什麼想要……那什麼詞來著？化形？妳們兩個為什麼突然想要化形？妳們在人間的任務是我在醫院的時候保護我，幫我把一些遊魂清走對吧？這個任務不需要人形也能完成，所以妳們兩個想要去哪裡？」

幾乎是鏡像的兩姊妹沒有人想要開口回答我的問題，我只好再問得更仔細一點，「妳們想要帶『誰』去『哪裡』？」

「簡小姐……」

「不要跟我說妳們想要帶住院的病童離開醫院。」

「不是的！我們也清楚不能帶孩子離開醫院……只是孩子吵著想要跟我們拍照，我們好幾次都差點被發現相片上沒我們的身影了。所以想要學起來……」

我聽著祐青的說辭，長嘆了一口氣。

管他是真是假，給她們一點建議吧。

「辮子鬆開，綁馬尾就好。衣服的部分……妳們只能穿黑色嗎？我看奕容都有其他顏色的衣服。要不妳們兩個穿個吊帶裙應該滿可愛的。」我從自己的衣櫃拿出吊帶裙給她們參考，又找了一些網路的圖片讓她們自行摸索。十分鐘後，原本服喪的姊妹變成了青春洋溢的女大學生……還很正。

媽的，死人比我高比我正氣色還比我好——雖然我氣色差是昨天沒睡飽的關係。但我覺得我能睡飽的機會很少就是了。

「咦？這種裝扮剛好是黑色的？」我放了幾份報紙和雜誌在她們眼前，讓她們自行研究現代人的日常裝扮。

「喔？這算女僕裝，日常穿這樣的比較少……這種比較屬於角色扮演在穿的。」

兩姊妹研究完細節後，還真現場變了一套女僕裝穿在身上。

「嗯……蕾絲的部分可能要多試幾次。」

「太精細了，需要多練習。」祐寧難得開金口。根據我的觀察，她也很熱衷在變裝當中。

……當冥官真的好省錢，連衣服都不用買，魔法變一變就可以了。

「叮咚！」

「我去開門。」會按我門鈴的只有活人，而會來我家的活人就只有一個。門一打開，意料中的肥宅高中生道士手上提著一袋類似伴手禮的東西說，「佳芬姊，這個是我爸媽要給妳的——」

蒼藍的話戛然而止，他的視線越過我的肩膀。我順著她的視線回頭，兩個玩變裝玩得很開心的冥官姊妹花已經變了一頭金色頭髮還綁起了雙馬尾，連髮箍裝飾和黑絲襪都變出來了。

我心裡暗自讚嘆了一聲：真香。

但蒼藍就沒有那麼紳士了。

他吹了一聲口哨。這聲輕浮的口哨也引發了嚴重的後果。

幾乎是同時，兩姊妹漲紅了臉，兩人一左一右抽出上一秒還不在的配劍往蒼藍的臉上丟。

「等一下！你們的大忌……幹，禁令解除了——佳芬姊妳幹嘛！」

「我在代替廣大女性同胞教訓你！你給我進來！」我迅速地邀請蒼藍進門後，便把這個變態肥宅高中生的耳朵擰成麻花拖進我家客廳，然後丟在地板上。

於是乎，三個女生由上而下地用殺人視線瞪著躺在地板上的高中生道士。

「啊靠夭我是在稱讚她們很漂亮，幹嘛全部人都在揍我啦！」

「你那叫性騷擾！會讓女性不舒服的言語和行動就叫性騷擾學校沒有教過嗎！」我大吼道，「而且她們是冥官！」

「幹，我知道啦！我有眼睛看得出來好不好——媽的妳們還真打臉啊！」

十五分鐘後，某個不小心越線的肥宅高中生大字形躺在地上，全身發出淡淡的白光。被祐青祐寧兩姊妹毆打的瘀青在白光的治療下以肉眼可見的速度淡去。

治癒法術真是厲害啊！如果內境願意派幾個魔法師常駐在醫院，急診就能少一些病人了。

「我只是不小心吹一聲口哨，有必要把我打成豬頭嗎？」蒼藍心懷不平地說。

「那是你活該。」我蹲在他身邊，近距離觀察那搖曳的白色火光一邊說，「以後對著女生亂吹口哨被抓去警察局或者放到網路上公審，你怎麼辦？進警察局和被冥官打，你自己選一個。」

蒼藍無語地望著我，「我當然會選進警察局，警察又關不住我。只是修正個記憶有什麼難——」

「靠，世界上就是有你這種人——」

「開玩笑的啦！我想犯罪的話可能會讓妳記得嗎？我自己也有想要遵守的原則好嗎？」

他撇開視線，聲若蚊蠅地說，「而且做錯事會被佳芬姊罵。」

如果說我沒臉紅絕對是騙人的，但我現在真的不知道要怎麼接話……

「妳可以……離我遠一點嗎？我怕爬起來的時候撞到妳。」

我趕快站起來，甩頭忘掉剛剛蒼藍耳根發紅的樣子，再一貫嘴賤地說，「喔？你自己起得來嗎？需要我扶你嗎？」

聽懂我話中話的蒼藍立刻回嘴，「幹，我是痴肥不是癱瘓！」

「你也知道你痴肥！你這個體重再不減肥遲早猝死知道嗎——」

「我沒聽到、我什麼也沒聽到——」蒼藍摀住耳朵自我催眠，幼稚的行為害我忍不住踮腳尖（太矮了抱歉）在他腦門重重打下去。

身後的祐寧親切地提出，「簡小姐需要揍魏蒼藍大人的話我可以幫忙。」

……顯然還在氣頭上。蒼藍也聽出祐寧包裹在親切外殼的寒冰，連忙退得離祐寧越遠越好。

「阿寧，那是魏大人。」身為姊姊的祐青拉住妹妹的衣角輕聲責備道。

「我都跟妳們道歉了到底為什麼還要揍我啦！」

「你看，你明明就聽得到，在那邊裝死！」

「佳芬姊妳真的很煩耶！同樣的話妳從我國中唸到高中——」

「誰叫你都不聽！」

我很認真地在跟蒼藍吵架，以至於沒有聽見有人按門鈴的聲音。直到祐青很好心地幫我開門後，我才驚覺有人在外面。

但是唯一一個會按我家門鈴的人類正在跟我吵架。

「祐青，等一下——」我衝去玄關制止祐青，但已經來不及了。現學現賣的祐青換上了方才的大學生裝扮，敞開家門。我雖然有心理準備會是奇怪的人……或者來拆我家的內境人士，但我還真沒料到有個跟我年齡相仿的女子站在我家門外。

但她是誰？我第一個聯想到的是某個我記不起長相也想不起名字的大學同學。

她遲疑地開口，不確定地問，「請問妳是簡佳芬……學姊嗎？」

學姊？但我不認得這個學妹啊……正當我疑惑的時候，蒼藍從我身後探出頭，熟稔地喊了一聲，「亞繪，妳來了啊！」

「妳等我一下。」我和氣地對客人說完，回過頭惡狠狠地說，「她是誰？」

「我的表姊。」

「為什麼你的表姊會出現在我家門口？」

「她最近要來你們醫院實習，我就介紹她來住妳這邊了——」

「然後你這件事完全沒有跟我講嗎！」我試圖扯他的領子來「好好講話」卻抓空了。

……

好啊，現在還會躲了啊！我很順手地抓起放在玄關的凳子往蒼藍的臉上丟。

「嘿！我接住了——佳芬姊妳聽我說，我是真的想要跟妳講，還特地提早來妳家報備，是妳們先把我揍一頓都不給我講話的機會的！」

「你也只提早來十五分鐘！這種事不是應該至少三天前跟我說好讓人有個整理房間的時間嗎？」

「我有提早跟宋昱軒那傢伙說了——」

「跟他說是有個洨用啊？住這裡的是我不是他！」

另一方面，民祐青看了一眼明顯在忙的屋主，很抱歉地對客人說，「對不起，佳芬現在有點忙，好像沒空請妳進來。」

「沒關係，我可以等。」

又折騰了約十分鐘後，我的怒火總算消退到理智可以回歸腦袋的程度。

「你表姊什麼名字？」

「向……向亞繪。」

我對著門口喊，「向亞繪，請進。」向亞繪一直在外頭站著，聽到名字之後才進來。我看她對祐青和祐寧都多看了一眼，還瞄了我家風鈴一眼，應該多少看出了雙胞胎的不正常之處。我讓她坐在餐桌邊，我則坐在她的正對面，桌邊還有被我修理得不成人形的蒼藍。

「對不起，讓妳見笑了。」這句話是瞪著蒼藍說的。

「沒關係，聽起來也的確是蒼藍的不對。」向亞繪很有禮貌，輕輕頷首誠心地說，「造成妳的不便真的很抱歉。我代替蒼藍向妳道歉。」

……也有點太過禮貌了。

「亞繪……怎麼連妳也這樣——」

「你給我閉嘴。」被我兇一個，蒼藍這回真的乖乖閉上嘴巴，我才有餘裕去觀察「蒼藍的表姊」。

她的舉止看起來就像一個正常的女生，完全看不出來是肥宅高中生道士的表姊。我還沒請她自我介紹，她自己就先開始說起來了，「妳好，我叫向亞繪，最近會到古綜合實習一陣子。前些日子跟蒼藍提到還沒找到租屋處有點困擾，蒼藍就向我推薦了這個屋子，說這個家庭式三房兩廳只有一個急診護理師住，她完全不會介意讓我借住一個月。」

「前些日子是多久？」

「一個月前。」

…………

「別再打了！不要以為我真的都不會還手喔！」蒼藍見我抬手作勢要打，連忙架住我的手。我的力氣當然比不過一百公斤的肥宅，只能作罷。他的表姊也在現場，我還是留點面子給他好了。

「她知道嗎？」

「我只提到是很好的朋友。」

「但我『看得見』，所以學姊不用擔心，我適應能力很強。」亞繪馬上說，「我也知道內境的存在，蒼藍會法術但不屬於內境這件事我也很清楚。我不算內境人士妳可以放心。」

不算……不算不代表不是。

蒼藍在一旁補充，「她的家族還沒被除名，但已經三代都沒有進入內境單位服務過了，他們也幾乎遺忘自己是內境人士的事情，就跟一般民眾一樣地生活。」

他說了「她的家族」，所以跟他是不同家族。但卻是互相稱呼表姊弟的關係。

以上有一個會是謊言，我覺得是後者。我多少知道蒼藍的身世背景一定很複雜，沒礙到我也就不多加細究了。

「我是這一代唯一一個有陰陽眼的。」被蒼藍背書完之後，向亞繪繼續維持禮貌的微笑說道。我聽到這裡，直接長歎一口氣，轉頭問現代裝扮的冥官，「離半小時還差多久？」

祐青如實地報告，「十分鐘。」

大概知道我想講什麼的肥宅高中生可憐巴巴地望著我，「佳芬姊……」

「我說過我不收人類的諮商，你是唯一的例外！」

「妳就當作她在古綜合實習，順便在妳家觀摩嘛！她的狀況不就跟妳一模一樣，妳也不需要特別提點什麼，她自己會尋找出路的。」蒼藍雙手合十說，「拜託啦！她真的很困擾，但我無法理解那種感覺。妳是我認識的人當中最能給她一些參考的人了。」

「那就封眼啊！你不是會嗎？但你就是不想封。不然他們醫學系解剖大體的時候早就找你了。」靠夭，想當年有著陰陽眼的我進去大體解剖課的時候真的超級無敵害怕！大體老師是自願的，不會有怨魂或遊魂在解剖教室遊盪，但不代表解剖教室裡的「骨頭」來源是正常的啊！尤其看到一隻遊魂抱著軟趴趴的手在骨箱翻找他的肱骨，你知道那個畫面的震撼程度絕對遠大於大體老師！雖然整個學期就只有那一隻，但也足以形成我一輩子再也不會踏進解剖教室的原因了。

蒼藍聽了我的話後愣了一下，然後訕訕地說，「佳芬姊妳真的好可怕……」向亞繪也驚訝地說，「為什麼妳會知道我是醫學系的？我從頭到尾都沒有提到——」

「就是因為妳從頭到尾都沒有提過。如果是護生過來實習的話，阿長這個禮拜的晨會會提起，所以妳不是護生。古綜合是間小醫院，除了醫藥護不會收其他系所的實習。藥學系通常不會特意隱瞞自己的系所和職業，但醫學系會。」醫學系或醫師為了避免麻煩而特別隱瞞自己的職業的情況不少見，我還曾經聽說女醫師出去逛街被問及職業一律回答護理師的案例。然而這一切只是最基本的推理過程，腦袋稍微清楚一點自然就會有答案了。接下來才是正戲開始，我瞇起眼睛，緩緩地問，「所以妳的專長是什麼？」

她明顯會錯意，文不對題地回答，「我只是醫學生，還沒有分科——」

「我是說內境相關的。」

向亞繪這下驚訝得瞪圓了雙眼，喃喃道，「妳是怎麼知道的……」

「因為我厲害。」一來蒼藍會帶來我眼前的八成不是普通人，二來是因為蒼藍會封眼卻沒有封，而是花力氣把她輾轉介紹到我手上，這雙眼睛大概還有用途。這也是十分簡單的推理，但要唬一個還沒畢業的大學生綽綽有餘。「我……」她支支吾吾的，視線不斷在我和蒼藍之間徘徊。

最後還是蒼藍幫她說話，「她才剛學，但是很有天分。之後應該會往召喚師這塊發展。」

蒼藍說很有天分大概就是天才等級了。這樣以後就是醫師加天師了耶！這樣子算不算中西雙修啊？

「佳芬姊，這樣子妳是……答應了嗎？」蒼藍滿懷希望地望著我，我再看向過度乖巧的向亞繪。

「……昱軒說可以就可以吧。」

結果最後我還是妥協了，我真的是人太好。

「萬歲！謝謝佳芬姊！」肥宅雙手拋向空中歡呼。

於是乎，我這個月多了一個室友。

今天又是一個月一次，殿主找我吃飯喝酒加噓寒問暖的日子。換另外一個說法就是一群酒鬼找理由喝到掛的日子。

「佳芬這裡！我幫妳留了個位子！」正對著門口的秦廣在我還沒踏過門檻就揮手向我大喊。

「免了，我不想要坐變態旁邊。」

「嗚嗚嗚……佳芬好兇喔……」秦廣擦著不存在的眼淚，哭倒在楚江的身上。

「行了，冥官們在看，留給自己一點面子行嗎？」楚江無奈地說，怎料已經先喝一點（可能不止一點）的秦廣在興頭上，迷茫的眼神配上不服輸的口氣，「我有面子？我這還是第一次知道呢！」這還不打緊，他舉起酒罈搖晃地踩上桌子，面向眾冥官吆喝道，「第一殿的各位，你們家殿主還有面子這種東西嗎！」

分散各桌的第一殿冥官此起彼落地應答，「沒有！」

「說得好！乾杯！」

我望著已經不知道醉到哪裡去的秦廣，無言地問，「他到底喝了多少？」

「蠻多的。」因為是隔壁殿所以跟他很熟悉的楚江幾乎是眼神死的回答，「一殿今天戰況報捷，他們自己已經先喝一輪了。」

「所以現在是第二輪。」

「不對，是第三輪。第一輪是跟我喝的。」我這時才注意到楚江有點微醺，雙頰已經泛紅。

……你們不要叫「十殿殿主」，改叫「十大酒鬼」算了。

我如往常地坐在最熟悉的閻羅旁邊。他一見到我劈頭就問，「妳的室友還好嗎？」

「亞繪嗎？很不錯啊。很安靜，幾乎沒有多一個室友的感覺。」八成是宋昱軒那傢伙打的小報告，但我也知道他是為了我的安全所以才知會殿主。向亞繪一定有被他們身家調查一番他們才願意把禁制放鬆一些，至少讓亞繪能夠找到我家門口的程度。

然後蒼藍那死肥宅竟然等人拖著行李箱出現在門口才跟我說……想到就又想揍人了。

「這麼安靜？」

「超級安靜，而且過度禮貌到我有點不舒服。」就算我強調不需要叫我學姊，她早上出門見到我時還是會畢恭畢敬地喊「學姊早安」，晚上見我要睡了會喊「學姊晚安」，就算我開玩笑地喊她「向醫師」，她依舊不慍不怒，然後靜靜地等我說話。

鑾多醫師不喜歡在外面被喊「醫師」的，原因很簡單——因為上班的時候被喊到怕了。

聽完我的描述後，殿主們個個有口難言，最後還是閻羅說出了所有人的心聲，「真的是蒼藍的眷屬嗎？我還以為她會像蒼藍一樣——」

「放蕩不羈？」

「管教不能？」

「無法無天？」

「大家乾杯！」

眾殿主無言地望著已經醉到把桌子當泳池的秦廣，幾乎沒人想承認這個人是第一殿的殿主。

「楚江，你先把這傢伙扛回去——楚江？」

楚江王已經醉死在桌子的另一邊，登出了。

我不是才剛來五分鐘嗎？最基本的噓寒問暖都沒問完為什麼能夠醉死兩個殿主！心地善良的阿官不忍心看他們兩個在幾百名冥官前出糗，自告奮勇把兩個人扛回寢殿。

「戰況不是一直都很好嗎？為什麼能夠慶祝成這副模樣？」除非他們又瞞著我，不然打從開戰以來冥府的死傷一直都是零。

「與其說是捷報，不如說成功避免更多死傷。」平等王說，「他今天成功勸降了一個

五十人部隊。」

「勸降過程中還沒有造成任何傷亡。」第七殿的殿主雙手抱胸認可地點頭，「這點戰績就勉強稱讚一下他好了。」

「天要下紅雨啦，老董竟然稱讚秦廣耶！」

「他是不是也喝醉了啊。」餘下的七位殿主在酒精的影響之下互相推擠嘻笑。雖然我已經看了這個場面無數次，但我還是難以相信這群人是冥府的殿主。把既定印象強行套在別人身上是有點太過武斷，但這群人真的比較像十個在酒吧狂歡的大學生。

老董——也就是第七殿的泰山王，因為姓董所以殿主們都習慣稱呼他為「老董」——大地翻了眾殿主白眼，但能看得出來他眼中的笑意。

人類之間的戰爭都沒有這般喜好和平。我就沒讀過人類之間有一個戰爭沒有人命傷亡，更沒有人或一個國家為此而歡呼，每個還不是喊著：「我要見到血流成河！」

不排除是過大的實力差距使得內境五十人歸降，畢竟從平等口中聽起來，秦廣親自前往了戰場吧？但我一直很好奇，內境和冥府的戰爭，戰場究竟在哪裡？冥府應該沒有可以讓活人進入的通道……吧？至少我知道這場戰爭中，冥府屬於防守的那一方，但究竟是防哪邊呢？

我望向越來越茫，行為也越來越脫序的殿主們，決定收起自己的好奇心。

他們開心就好。

於是我有一搭沒一搭地陪他們喝酒聊天玩遊戲……但當我看見殿主們開始比腿毛粗細的時候，我就知道他們已經醉到不行了，只好悄悄地移回到閻羅身邊。

舉目望去，全場大概只剩下我和閻羅坐在一旁理性喝酒……他是理性喝酒，我是冥酒無效。除了趴倒在地上的冥官們、還有群魔亂舞的冥官們、玩起雜技表演的冥官們，整個議事廳彷彿成了馬戲團。

看別人喝醉真是一件有趣的事情。

「對了！我們來問佳芬好了！」

「嗯？」忽然被點名的我滿頭問號地看著忽然塞滿我的視線的殿主們。

「佳芬還有什麼可以讓人類乖乖投降的方法嗎？」

「不要讓人類受傷的喔！」

「我們不喜歡傷人——」

……你們真的是在打仗嗎？雖然我覺得他們酒醒之後大概就會忘記我講了什麼，但我還是認真思考了才回答，「嗯……去色誘他們？向他們傳達冥府的美好？金錢、武力、地位換不到永遠的忠誠，所以打從心底讓他們認同自己才是這場戰爭中的反派應該比較有效？」

「冥府的美好——冥府有什麼好的？」

「內境不會認同我們的啦，他們一直都嫌我們不認真回收遊魂和怨魂——唔！」

平等王的話突然斷在這邊。我身邊的閻羅掃了一記他警告的眼神。

冥府不認真回收遊魂和怨魂？這是什麼——我還來不及細想下去，兩人的眼神交流已經結束。輪轉仰頭又灌下一罈酒，說出來的話更茫了：「冥府最好的地方大概就是有無窮無盡的冥酒了吧！」

圓桌上貌似維持著喝酒狂歡的模樣，但殿主間的互動僵硬了一些。但在這個慶祝氣氛中，我沒有想要深究這點細節。他們也很快就把話題帶回人類對冥府的偏見上。

「人類不會明白冥府的好啦，對人類而言我們不就是一抹早該消失的靈魂嗎？」

「那抹靈魂還會虐待其他死去的靈魂……」

雖然語氣像是在自嘲，但這就是他們一直以來的想法。講白一點，所有的冥官都不是自願成為冥官，殿主也一樣，就連黑白無常也並非自己選擇成為冥神。他們平常沒有表現出來，但我知道他們很在意自己「不再是人類」這件事。

不過在我眼裡，冥官比人類好上太多了。他們跟我這個人類完全沒有利益糾葛，從小陪著被排擠的我度過飽受霸凌的日子、長久以來關心我的生活、在照顧我的心情的情況下，還派了一大堆人暗中守護我……

從有記憶以來，我有冥官陪我笑、陪我哭，在我最痛苦的高中三年級，冥官們輪流陪在我身邊一起度過最煎熬的時刻。但我也知道，這個大前提是我是殿主的乾妹妹，同時也是冥官的朋友。

再要他們認人類當乾妹妹太難了，但是……

「不然，從歸降的那五十人開始，讓他們與冥官當朋友呢？」

坐滿殿主的這一桌瞬間安靜了下來，這種大膽的提議嚇得他們酒都醒了一半。

「朋友？我們跟人類怎麼可能是朋友？」這話是從輪轉口中說出。輪轉王在所有殿主中最為年輕，也最為膽小，他的諮商常常是如何面對人群恐懼。他怯怯地說，「『我們是抹不會思考的靈魂』這種觀念在人類中已經是根深柢固的觀念了，他們怎麼可能會接納我們？」

「但我接納了你們，」我不假思索地說，「——我不只接納了你們，還接納了你們的煩惱。你們也接納了我這個人類。」

「我們……」阿官原本還想發表意見，最後還是回到了務實層面，「我們要怎樣跟人類當朋友呢？直接走上去跟俘虜說：『請問我可以跟你當朋友嗎？』」

「當然不是，」這種行為會被解讀為是怪人，友誼不是用強求的，而是用培養的。「規劃一個中立區域，讓俘虜可以偶爾過來吃個飯喝杯咖啡，你們那麼喜歡喝酒也可以開間酒吧，麻將館或桌遊店之類的也可以。」冥官沒有上千也有上萬，都有一個偶爾會幫我準備早餐的宋昱軒了，我就不相信冥官當中沒有會煮飯的人。

「更重要的一件事，不要把他們當俘虜。」我舉起一根手指細數著收人類當俘虜的壞處，「首先，把他們做為談判條件只會惡化局勢。再來，他們應該也不構成任何談判條件。三來，如何囚禁他們也是個問題，總不可能把活人關在冥府吧？直接把他們放回去，中立區域開幕後邀請他們來做客，藉此慢慢培養感情，從少數人開始慢慢改變他們的想法，然後再擴散出去。」

本來用強權逼迫一個群體接受新觀念就容易造成群體的反抗。凡事不求快但求好，冥官有著近乎無限的生命，他們大有本錢「慢慢來」。

雖然說這種「敵人變朋友」的想法太過美好，但嘗試一下應該沒什麼差別吧？不然看冥官們為了要不要傷人這件事天人交戰那麼久，我看得難受，諮商起來也很痛苦。

「我們分析一下可能性和潛在風險。」閻羅並沒有馬上反對我的提議，大概在之後的殿主會議就會討論相關事項了。

「嘗試與人類和平共處的日子……聽起來跟作夢一樣。」第三殿的宋帝王迷濛地望著屋頂，手裡握著剛斟滿的酒杯，「我一直以為佳芬會更務實一點，不會引導我們走向『從此大家相親相愛，一起幸福快樂生活』的童話故事結局。」

「什麼引導你們，」我輕笑了一聲，直接奪過宋帝王的酒杯豪邁地仰頭飲盡。

「——我只是你們的心理諮商師，無牌無照的喔！聽我的建議可以，但是記得後果自負。」

【第十四章】

糾爭／糾纏

自從人鬼大戰開始之後，我的身邊幾乎常駐至少一名冥官，大多時候是昱軒，昱軒比較忙的時候祐青、祐寧、明廷深、雅棠的副官宋江霖、甚至明明不是冥官，卻找各種理由跟著我的蒼藍都會出現陪我上下班。

冥官我沒什麼意見，但是某個應該在學校上課卻蹺課出來當護送的肥宅高中生，就會被我毫不客氣的轟回去。

怎麼所有人都把我當沒盯好就會迷路的三歲小孩啊？老娘雖然是普通人，但好歹也是個二十五歲的成年人，見到怪叔叔我會喊「救命」好嗎？

但今天沒有任何一個人或鬼站在門外等待，在我開門的第一秒向我請安。

……啊那些把我當三歲小孩的人呢？總不可能所有人一覺醒來忽然開竅知道不用那麼熱心地接送我上下班吧——不對！會把我當三歲小孩的人當中不就有一個神通廣大的高中生道士嗎？洗腦都沒問題了，隱身對他一定也是一塊小蛋糕，因為隱身起來不被我看到才不會被我罵。

這下可好了，我連要往哪邊比中指都不知道，只好左右開弓全方位三百六十度都比一遍。

「學姊？」跟我差不多時間一起出門的室友見到我奇怪的動作，忍不住開口。

「沒事，我在做伸展運動。」我故意找了個爛到炸裂的理由，想看看向亞繪的反應，怎知這位室友只是愣了一下，然後依舊是那款營業般的笑容回應。

沒有任何意外的表情，也沒有多餘的疑問，就是銷售員般應付地笑著，永遠都是那個禮貌又不尷尬的弧度。

說實話，我不大喜歡。那個笑容太虛偽了，讓人摸不透心裡到底在想些什麼，這對身為冥府心理諮商師的我而言又更加煩躁了。「察言觀色」是諮商技巧中基本中的基本，而這麼明顯的面具卻摘不下來……

……可惡，我好想諮商她，諮商過程中才能伸手摘摘看那虛假的面具，如果能順便得知她的過去就更好了。但我都已經很明白說過我不諮商人類了——

忽然，一個想法閃過腦海：該不會今天的護衛是她吧？蒼藍認可的召喚師實力一定不簡單，理應有護衛的能力。

我又偷偷瞄了一眼，決定先不說破，靜靜地觀察。

……結果向亞繪到了樓下就與我分道揚鑣去買早餐了。我完全忘記醫學系的實習生課表彈性到爆炸，晨會有到沒到沒有差別，跟我們護理系根本是兩個不同的世界——

說不定向亞繪只是假裝離開，其實還跟在我後面？就算有這樣的猜測，我也無法回頭查看那神秘的室友，是否就躲在某個牆壁或樹木的後面。

雖然很在意向亞繪，但上班要緊，晚個一秒鐘我就要被學姊罵個狗血淋頭了。想到這裡，我更加緊腳步往急診室的方向走去。邊想雜事邊趕路的後果就是沒有注意到從後方越靠越近的人意外地眼熟。

「妳好啊，佳芬。」

直到他開口，我才發現有個人有目的地跟我並肩了一小段路。

這條路不僅通往醫院，還有附近的中小學，早上通勤時間這條路永遠都是人，平時我根本不會特別注意旁邊有誰。

……眼熟歸眼熟，但他是誰啊？我應該認識他嗎？

除了幾個熟過頭的冥官，其他的死人一律喚我「簡小姐」，會叫我佳芬的大概只有同事和以前的同學。而且他臉上的皮笑肉不笑實在有夠討厭，我才剛在想辦法摘掉向亞繪的面具，現在又來了一面——

「不好意思，請問你是……」我掃了一眼從我身邊快速經過的人流，謹慎地問。

「果然貴人多忘事，妳幾個月前不是才對準我的胸口開了一槍嗎？」

……幹，蒼藍那次沒把記憶洗掉嗎？當時只是亂放話以求逃離險境，現在還真的找回來了？但光天化日之下，他是能對我做什麼？我只要尖叫一聲，身邊自然會有路人來救我，這還不包括隱身在不知何處的冥官和可能藏在某處的向亞繪。

如果現在是下班時間，我說不定會陪他玩玩，順便把躲在暗處的保鑣全部釣出來痛罵一頓。但很可惜的，我除了是冥府心理諮商師，還是一個需要輪三班的急診護理師，而我現在上班快要遲到了！

對他更抱歉的是，我到現在還是想不起他的名字。

所以我只好送他一張滿臉問號的臉然後快步離開，回頭時他已經消失在人群中。

我目光可見之處也沒見著可能暗中保護我的向亞繪或其他冥官。

嗯……感覺最近會很好玩。

「彥霓，妳今天晚上有空嗎？」

一般而言，經過社會化的正常人遇到這種問題都會先反問目的，這樣才不會不小心被載去賣掉。

「有啊！」

……但是彥霓對我是百分之兩百的信任，對我的要求只會乖巧的點頭然後照辦，說不定我真把她載去賣掉她還會回頭幫我數錢。

望向直屬學妹單純的笑容，我忽然覺得有點對不起她。

「妳知道美術館附近新開的麻辣火鍋嗎？」

「知道啊。」聽到我的話後，她很期待地看著我，應該是猜到我要約她一起去吃晚餐了，「學姊真的很愛吃火鍋呢！」

「對啊……」我故意不自在地說，這樣才顯得邀她出去的理由更踏實一點。「最近出了一個雙人海鮮套餐，裡面還有一隻龍蝦。價格也不錯沒有到很貴，想說找個人陪我去吃——」

與其說「陪我去吃火鍋」，不如說「陪我一起當個明顯的誘餌」，讓冥官可以把綁架我們的變態大叔綑成肉粽送給蒼藍，一勞永逸地解決記憶沒洗乾淨的問題。

傳訊息給蒼藍的時候，蒼藍並沒有特別驚訝我被盯上了，顯然早就知道自己的法術沒效（還沒跟我說！那個臭小子），倒是跟我很仔細討論怎麼把人引誘出來，讓他好好處理後續。

順道一提，蒼藍很好心地提供了那變態大叔的名字：米凱爾。我原本跟他說我沒有必要知道快從我人生中消失的人的名字，但蒼藍的理由是「至少方便我們指稱」。

彥霓豪爽地答應下來，「當然好啊，學姊應該沒有交通工具吧？我還有另外一頂安全帽，可以載學姊喔。」

我有時候真的覺得有這個貼心滿點的直屬學妹是我上輩子修來的福氣。

不過當她打開後座取出安全帽的時候，我瞄到了不應該躺在機車後車廂的兩根擀麵棍。不知道是我的錯覺還是什麼，那兩根擀麵棍好像比一般市面上的長了一點。

「擀麵棍？」

「喔，這個啊——」我的直屬學妹也不避諱，老實坦承，「學姊也知道我常被白目騷擾，隨時備點防身的東西比較好。」

「直接打人不大好吧？」我儘量掩飾自己的心虛。全世界大概我最沒有資格說這種話，我可是毫不猶豫地送了一顆子彈貫穿米凱爾的胸口，擀麵棍至少打不死人……吧？

「當初是學姊建議我備點防身用品的啊？雖然我覺得自己的身手扳倒一個正常體型的男生應該沒有任何問題……但還是長期放在後車廂了。」

我當初腦海裡建議的應該是類似防狼噴霧的東西，不過想來彥霓用到棍子的機會應該不多。正如她所說的，她不需要任何武器就可以打趴一個正常體型的成年男子，可能還會順手拆掉幾個關節。

往好處想，至少彥霓還有點常識，沒有在她的機車後座裡面塞一把短刀或劍之類的東西。擀麵棍被警察盤查起來是怪了一點，但要搪塞過去不難。

或許我更應該關心的是這雙擀麵棍的使用頻率……

我是不是該找冥官幫忙趕一下煩人的蒼蠅呢？不然蒼蠅不小心被擀麵棍打成重傷，私下了結就算了，如果我家直屬學妹因此鬧上社會版頭條的話，以現行的法律和社會輿論來說對她並不有利。

大多數民眾都以為「正當防衛」跟免死金牌無差別，但他們都忘記了還有「防衛過當」四個字的存在。現行法律而言，一個小偷進屋裡偷竊結果反被屋主意外勒死的話，屋主是要擔起刑責的。相同的，如果彥霓把蒼蠅打成重傷，彥霓說不定還要被判刑。更不用說社會輿論了，鍵盤酸民大概只會說「誰叫女生晚上要一個人在外面走動」或者「又沒有很漂亮，真不知道哪點被看上」之類的風涼話。

彥霓畢竟只是普通人，還歸人類的法律管。至於我嘛……人少一點就有蒼藍幫我掩蓋足跡了。冥官發出的攻擊監視器錄不到，一律屬於超自然現象，自然就不甘我的事了，全身而退很容易……

但我忘了我自己是個人類，無法消失於監視器當中。要是我一開始有這般自覺，後面的事件應該就都不會發生了。

此乃後話。

火鍋店裡，拿著菜單的彥霓連菜單都沒看一眼，直接問道：「學姊，一樣是中辣配餐換冬粉嗎？」

「中辣對妳來說應該太辣了，今天我吃清淡一點沒關係。」

「好。」彥霓劃好菜單之後，並沒有直接起身去櫃檯點餐。她美麗的眼睛如同銳利的老鷹盯向店家的大片玻璃窗之外……更準確一點來說她盯著的是正對面的巷子。

巷口十分陰暗，也十分容易藏人。

「彥霓？」就算知道她大概在看什麼，我還是得隨口問一下。角色扮演要到位才不容易被起疑。

「沒事。」她起身走向櫃檯，點完餐後她並沒有回座，而是推開門往店外面走去。雖然被桌子和人頭遮擋了不少視線，但我還是瞧見她在機車前停留了一下，動作就像打開後車廂拿起「某樣東西」，然後往陰暗的巷口移動。

「我都快覺得自己護衛的工作被她搶走了。不只比我們早發現魔法師，還比我們早行動。」祐寧的聲音忽然在我身後發出，就算我早已習慣與冥官相處，但還是被嚇得差點打翻水杯。

祐青也在一旁讚嘆道：「她真的是人類嗎？該不會是像奕容前輩那樣，是個化形很厲害的冥官吧？」

這句話我比較想要問妳們吧……

在蒼藍和昱軒的安排之下，為了讓米凱爾能夠上鉤，我周邊的冥官數量已經減到最低，就連隨身護衛都是比較沒有威脅性、最不會被發現、朝代也最接近的祐青祐寧雙胞胎姊妹。昱軒則帶著廷深躲在陰影深處。

不過我現在更擔心彥霓會不會把人打殘了。

「跟上去，別讓彥霓出手。」

我能感覺到背後一片沉默，兩姊妹八成用視線激烈交流了一番，最後還是由祐青開口發

問，「為什麼不能讓彥霓小姐出手？聽廷深前輩說過那次簡小姐被綁架的時候——」

「情況完全不一樣。那次是被內境綁架，還是在深山野嶺，我不想把事情鬧大內境更不會想把事情鬧大，把他『解決』掉或請你們幫我『處理』都算方便。」我慢慢講解原因，「但現在是在城市，閒雜人等很多，沒等到內境自己派人來回收就會遇上路過的熱心民眾了。屆時只要有進入警方或者醫院的紀錄，再加上一個想報復的混帳，彥霓就會吃不完兜著走了。」

這些話當然是在有手機掩飾的情況下對她們說，會嚇到旁人的字眼都被我美化過。聽完我的解釋之後，祐寧沒說第二句話馬上告退去追。餘下祐青和我在火鍋店內。

雙胞胎姊姊看起來很緊張，或許因為這是她第一次離開實力較高強的妹妹單獨進行護衛。雖說我看不見她，但不代表我沒有感覺到背後持續擺盪不定的寒風。

「放心，不會有事的，昱軒和廷深都在附近。妳要不要先坐下來呢？」

祐青遲疑了一下，最後才小心地避開電熱爐，身體穿過桌子緩慢地落座在我對面。火鍋店人滿為患的情況下，我也不大方便跟「空氣」說話，所以祐青就靜靜地做她護衛的工作，警戒四周。我則像一個正常人般滑我的手機——實際上是傳訊息跟蒼藍報告現況。

「米凱爾跑了，妳學妹正在回來的路上。」蒼藍的訊息又跳了下一行，「他還沒遇到祐寧，看到妳學妹就逃了，看來妳學妹帶給他莫大的心靈創傷。」

彥霓那天有給他心靈創傷嗎？不就是把人摔昏過去而已嗎？真的給心靈創傷的是我吧？果然拳頭才是談判的關鍵嗎？知道想殺我的人跑了之後我心情立刻輕鬆許多，這樣子我就不用因為拿彥霓當誘餌而愧疚了。

這餐就請彥霓，當作感謝她一直以來願意全心全意信任我的謝禮好了，雖然我真的很想跟她說離我遠一點，不然被捲進冥府和內境的紛爭的話——

「砰！」

許多事情在一瞬間發生了，有隻冰涼的手把我推倒在地上。視線低過桌面以前，祐青正在回頭起身，但仍可見她臉上寫滿了慌亂和驚恐，而她身後有個人被黑色的身影狠狠地撞上去。

金屬彈殼敲在地面上的聲音異常的清晰，因為它就落在我的腳邊。

槍響之後，只是來尋個晚餐的民眾陷入恐慌，尖叫聲此起彼落充斥整個店面。

好吵……好痛……

雖然說鬼沒有重量，但不代表我撞到地板不會痛。昱軒壓在我的上方，著急地說，「佳芬，妳快點離開！我們——」他突然拋下我猛地起身對著遠方大喊，「不——！」

「砰！」這次是低沉、物體墜落的聲音，那個物體——女子倒在我眼前，睜得渾圓的雙眼顯得空洞。她的表情痛苦且扭曲，很快地就如同缺氧的魚張嘴呼吸，這是死亡的前兆。

凶器毋庸置疑就是她背後那枝箭。

我衝著店員大喊：「快叫救護車！」店員們才急急忙忙地打電話。而背後那枝箭……那枝箭不能拔，但那枝箭沒拔我連最基本的心臟按摩都不能做——

那我到底還能做什麼？穿刺傷要先評估什麼——不是啊！我只是小醫院的急診護理師，我——

——為什麼我要救一個三十秒前想殺我的人？

莊婉茹，女性，三十五歲，單親母親，育有一子，死於民國一百一十二年五月二十七日晚上七點五十七分。

企圖開槍射殺我的那個人死了。

據說她在救護車上就已經沒有生命跡象，到了醫院之後急救了三十分鐘，她的老父親才匆匆趕到，無法接受女兒忽然被一枝箭射死的事實，跪求急診室醫護救到最後。但就算是急診室再盡力急救都於事無補。最終在一片嚎啕大哭之下，老父親嗚咽的同意停止急救。

那枝箭是冥府的箭矢，只有冥官擁有，所以人才會死得這麼快且沒有任何挽回的空間。

以上是明廷深轉述。我聽完之後先是低頭為死者默哀三秒，再仰頭望天哀悼我的人生。

很棒、超級棒、超級無敵棒。人死了，而且是眾目睽睽下死的，從警察到急救人員到急診室的醫護，都看到莊婉茹背上插著一枝箭，火鍋店裡至少有二十雙眼睛親眼看到她是企圖開槍射殺我後被箭矢擊中，更慘的是監視器畫面已經到了警方手裡，祐寧說畫面拍得一清二楚，沒有任何狡辯的空間。

「誰射的？」這個問題瞬間成為我身邊的人最難解的謎。

我第一次見到昱軒這麼的生氣，他氣起來的模樣很可怕，沒有任何怒吼或者咆哮，就只是一個沉默的背影，放在劍柄上的手顫抖著，渾身散發「生人勿近」的氣場。

他似乎下定了什麼決心，連跟我打聲招呼都沒有就消失了。

「總算……」身後，幾個冥官在昱軒消失之後都鬆了一口氣。

「差點以為我們完蛋了——」祐青輕聲地說，但馬上被明廷深肘擊打斷。在場最資深的廷深說，「別多話，內境的人可能還在附近。」

他這時候看起來還真有點前輩的樣子。明廷深帶著兩姊妹躲進陰影更深處，我則被留在剛亮起的街燈下。

如果可以的話，我也很想跟在冥官身邊躲起來

「妳好，我是負責這個槍擊案的警官，我姓鄭。」一張警員證在我面前虛晃了一下，我很勉強地才捕捉到上面寫著「鄭泰源」三個字。

性別男，年齡近四十，對日常必要程序會感到繁瑣且不耐煩。如果錄我口供的是個對工

作不上心的警官，那我這次或許可以安全下莊。

「你——你好，我是簡佳芬。」

「妳知道為什麼會成為目標嗎？」不拖泥帶水直搗問題核心，這個做事方式我喜歡。

我的答案只會有一個，「完全不知道。」

他瞄了一眼我脖子上的識別證，「妳在醫院上班嗎？」

「對，我是古綜合的急診護理師。」

「那妳認識死——兇手嗎？」

「不認識。」這個回答倒是沒有任何謊言的成分在。

「但槍手顯然認識妳。」鄭警官直勾勾地盯著我，「她的手機有找到妳的照片，都是妳工作的側拍。」

幹，哪個變態趁我工作的時候偷拍！我忍住噁心的表情，假裝害怕地明知故問，「所以……她是真的想殺我嗎？」

「這就是我們正在調查的——」

「那麼還會有人來殺我嗎？為什麼她要殺我？我的家人——我的朋友會不會也被殺掉？」我一股腦兒地問了一堆問題。但凡服務業待久了就會知道有幾種人你不會想跟他說第二句話，比如說無限跳針、聽不懂人話、一直被打斷、自以為是的、說自己認識誰想要特殊待遇等等……族繁不及備載。如果把自己偽裝成一個很焦慮的人，對方說不定就會自行縮短問話的時間，我需要回答的問題就更少了，每天都在看病人搞笑的我要模仿自是信手拈來。

而且這才是正常人忽然得知自己是殺手目標的正常反應吧！

「小姐，請妳冷靜……」

「我是要怎麼冷靜！有人要殺我欸！」真心覺得我沒有去當演員實在太浪費才華了，每天都在「正常的急診護理師」和「冥府心理諮商師」的角色之間轉換，偶爾還要裝模作樣扮演「與冥府有關的神秘人類」，現在還要即興當一個「被嚇壞的正常人」……我真該慶幸自己沒有人格分裂。

鄭警官抓到了問問題的空隙，馬上切入問道，「妳有跟誰結仇嗎？」

「沒有……但麻煩的病人算不算？」如果前面還表現得不夠焦躁，我還有別招可以用，「病人或家屬不爽我們很常見，嫌我們打針痛、嫌我們動作太慢、嫌我們太吵……幾乎每天都有人在罵我們……」

鄭警官遲遲沒下筆，可能很認真地思考要怎麼歸納我的仇人吧？但這就是事實，他就算下一句問我「最近有沒有特別讓妳印象深刻的或惹事的病人」，我都能再隨口說五個出來。

「那最近有特別讓妳印象深刻的例子嗎？」

真不枉我看了十五季的警探劇，連問題都猜得那麼精準。

「最近……上個禮拜有個病人因為病房太滿，所以在急診多留了一天，就跑來威脅我說『如果今天上不去病房就要砸了整個急診室』……？」

他的眉頭皺得更緊了，「還記得那個病人的名字嗎？」

「當然不記得了……上個禮拜三還禮拜四來急診的病人吧？」我很清楚記得那個威脅我的病人是上禮拜二來的，但想要增加警方的調查難度，就要增加他們需要處理的資訊量。還不能說得太含糊讓他們放棄這條線索，給他們一點疑似真相的火光讓他們盲目地去追就更棒。

反正事實就是，我知道我的仇人是誰，但我不想跟你說，說了你也不相信。我給你個半真不假的訊息讓你可以寫報告，這不是兩全其美嗎？

眼角餘光，我家直屬學妹被一個年輕的警察攀上……不對，是做筆錄。只見學妹瞪大她漂亮的杏眼，很激動地回應，「學姊有沒有仇人？你的仇人定義是？昨天被家屬罵沒有家教這樣算嗎？還是有暴力行為的才算？上個月有個精神科病人揚言要殺我們整個急診室，這個病人過後好像逃院了……兩個禮拜前也有一個往學姊臉上丟東西——」

我真的好想要幫彥霓鼓掌啊！彥霓口沫橫飛地說了一大堆事蹟，一路回溯到三個月前。再加上年輕警官認真抄寫的模樣，我真心覺得會變成一宗懸案。

案中案的部分嘛……

「那妳有認識會射箭的人嗎？」鄭警官沒有忘記這個案件有一個死者，但那個死者不是我，是兇手本人。

「沒有？」我不大確定地說。鄭警官聽到我的回答後深吸一口氣，然後為了維持專業的外表只能無聲地嘆氣。大概是在哀悼他即將爆掉的工作量吧？

「——筆錄目前做到這裡。請幫我留下妳的電話，如果案件有任何進展或需要妳協助的部分我們會再通知妳。」他無力地轉過身，緩緩跨進警車內。

望著他的背影，我冷冷笑了。

你們找不到兇手的，因為冥府會先把米凱爾弄到手，然後無聲無息地讓他消失在這個世界上。昱軒說不定現在已經帶上幾個冥官到處搜索米凱爾的行蹤了。他的靈魂被帶進冥府的同時就會被殿主們塞進十八層地獄，一層一層體驗個透徹。

而我完全沒有想阻止的意思。禁令解除之後，這種事情冥府一定做得出來。

如果在英雄電影裡，我一定不是好人。明知自己一句話就能救下一條人命卻在隔岸觀火，這應該是反派的設定吧？

倒是可以幫死得不明不白的莊婉茹說些好話，讓她進入輪迴後投胎個好人家。這位姊姊還真是倒楣，不小心就被捲入內境和冥府的紛爭。就不知道這種無理的要求殿主們願不願意答應了。

……如果答應了才可怕吧？不就代表我說句話就能操縱輪迴投胎了嗎？十殿殿主會寵我

這個乾妹妹到這個地步嗎？

我還真不敢去想。

「這疊是今天回診的個案，」我的小助手把比我的頭還高的資料夾放在我眼前，然後又在最上頭加上一小疊薄薄的紙張，「這些是今天第一次來看妳的個案。」

「你怎麼把所有的諮商紀錄都裝訂起來了！」我翻著每本裝訂整齊，連諮商進行程度、類別都標示清楚的資料夾驚嘆道，「你自己一個人做的嗎？」

「只做了今天回診的。」見到我的反應後，宋昱軒嘴角露出一抹滿足的微笑，「之後會陸續把個案紀錄改成資料夾。我也參考妳平常的諮商紀錄做了一些表格……」

我真的感動到快哭了！整齊的表格加上重新抄寫後工整的字跡，這是何其賞心悅目啊，而且宋昱軒的字跡真的好美！不是武官嗎，毛筆字不僅工整還很有個性，一看就知不是俗品。以後新年門口的春聯都叫昱軒幫我寫算了。

面對我對他的毛筆字的驚嘆，昱軒臉上盡是藏不住的自豪，只是嘴上依然謙虛道：「很久沒寫了，希望沒有退步太多。」

「很漂亮啊！連我這種沒有文化底蘊的小白都覺得很厲害了！文官可能都沒有你寫的漂亮。」

「生前學了一輩子的書法，跟一般平民百姓還是有差的。」

昱軒絲毫沒察覺自己提起了生前，經歷過好幾次冥官因憶起生前而陰氣暴漲的我有些緊張地看著昱軒，腦中已經在盤算如果昱軒真的失控了，我應該如何求救……

結果什麼也沒發生。

為什麼？

雖說沒有被暴漲的陰氣亂流波及完全在我意料之外，但不代表我想要繼續冒這個險，趕快把話題拉回現在比較實際。

「整理得很好，謝謝你，之後的諮商紀錄也麻煩你了。」

昱軒看起來很開心，但他沒有笑出來，而是努力維持自己的面部表情。見他這樣的拘束，我忍不住嘆了一聲：「你其實可以笑出來的。」

面對我突兀的話語，他原本上揚的嘴角僵住了，似乎不明白我話中的含意。

「你知道你最近跟我的互動越來越拘謹了嗎？」我有點抱怨地說。站得挺直的身影不洩漏任何多餘的動作，因為他知道我很懂得閱讀表露在外的面部表情和肢體語言。冥府心理諮商師不是叫假的，這點跟在我身邊五年的助理最清楚了。最後他還是放棄掙扎，表情變得柔和許多，抱歉地說，「對不起，最近事情太多了，身分有點轉換不過來。」

「什麼身分？」

這次宋昱軒難得坦蕩蕩地承認，「妳的護衛隊隊長的身分。」

「幹，我都跟你們說過我不需要護衛，更遑論一整隊人——」

宋昱軒沒好氣地回道，「發生了昨天的事件之後，妳還當真覺得自己不需要護衛嗎？我們沒有把妳禁足在家裡就很不錯了！」

「……」

我們兩人瞬間陷入沉默——確切來說是我陷入沉默，昱軒則是在等我開口反駁才能跟我繼續鬥嘴。

我反常的安靜害宋昱軒很不習慣。

「……為什麼妳沒有反駁？」

我幾乎是咬牙切齒，「因為我他媽覺得你講得真是合理啊！」

仗著冥府只會提防內境人士，特別僱了個急需用錢的單親媽媽來殺我——說不定米凱爾還承諾了會幫她離開這個國家，從此遠走高飛到更好的地方生活之類的狗屁鬼話。

據昱軒的說法，那個單親媽媽被詐騙集團騙得一毛錢都不剩，為了還債還把身分證和印章借給了詐騙集團。這回她不只沒有錢，不知不覺中還成了某個陌生人的擔保人，擔保了七百萬的借款。在每天被討債的陰影下帶著一個兒子生活，沒有臉回娘家也沒有婆家可以投靠。情緒崩潰邊緣之際，米凱爾的邀約宛若惡魔的交易，成了她緊抓的最後一根稻草。由於她是自願的，身上沒有任何法術的痕跡，所以一個平凡的女生輕鬆地越過了冥府的所有防線，槍口對準我的眉心並按下扳機——

這個故事提醒了我們：身分證和印章一定要保管好，還有狗急也是會跳牆的。

「那麼我提到的，要殿主們忽略莊婉茹殺我的事情……？」

「殿主們不大甘願，但願意就一般殺人未遂的情況發落。她扣下扳機是不爭的事實，就算是妳求情殿主也無法銷去這項罪孽。」

「那米凱爾呢？」

昱軒沉默不語，但表情說明了一切。

「死了吧？」

「我們極力想避免這種事情發生……」他撇開視線，幾乎是帶著羞愧地說，「——但他非死不可。」

「我知道，」我盡量用理解的語氣說，「這是為了我的安全。謝謝你們。」

昱軒的表情緩和了一些，不過仍有一絲罪惡感殘留在那張俊美的臉上。冥官長久以來溫柔習慣了，忽然採取如此極端的手段必定會讓他們感到罪惡。

「對不起，」我小聲地說，完全不敢看昱軒的表情，「都是我的錯。」

都是我的錯，因為我去挑釁米凱爾，使得殿主們和我的護衛隊得承受殺人的罪行。這條

人命是我造成的，但我不後悔，因為是米凱爾不自量力活該找死。

我只對害得溫柔的冥官們雙手沾上血腥而感到愧疚。

「佳芬，我們——」

我忽地拍桌，強硬扯開笑容拙劣地轉移話題，「欸！看看現在都幾點了！開始叫號，今天我們就從回診的開始看。先從這本開始好了——」

歡愉的聲音充滿整個諮商小屋。我還特地回頭多點了幾支蠟燭，讓諮商小屋更加明亮一點，希望這點細節能夠一掃昱軒心中的陰霾。

昱軒知道我想轉移他的注意力，不想再深談，也配合我的演出，「……妳就不能乖乖地照著號碼順序看診嗎？」

冥官不傷人這條規則不僅僅是一條戒律，更是他們身為冥官的驕傲，是他們把自己和無意識傷人的怨魂做出差別的分界線。

可是冥官認定了保護我是義務，當義務和驕傲相違背時，他們選擇了拋棄自己的驕傲。

我承受不起。我只是他們的心理諮商師，最多再加上殿主們的乾妹妹。我就只是個普通人類，我憑什麼得到那麼多？為什麼這個群體願意為我這般無怨無悔地交出心中那把尺？

我們都知道對方在掩飾自己內心的想法，但我們也知道對方會堅持鑽自己心中的牛角尖。就是因為太了解對方的固執，所以昱軒和我都沒有溝通的意思。

這樣做很不健康，但目前就只能維持這虛假的現狀，假裝矛盾不存在。就像現在，如平常一樣的打鬧。

「當然不行啊！我的地盤，我的規則。我的規則就叫做看我的心情！」

「那麼妳自己出去叫號。」他不負責任地說，需要配合演出時，他還是能表現出以往不把我當上司對待的談吐。「順便跟外頭所有的個案解釋妳今天又不想照順序看的原因。」

「好啊！誰怕誰，冥官們不爽就不要來看啊！」

「妳可以不要仗著自己是冥府唯一的心理諮商師就那麼任性嗎？」

「不可以。」

「佳芬……」昱軒最後也只是無奈地按住太陽穴，「算了，妳開心就好。」

「對嘛——」

「反正妳也聽不進去。」

「喂！不要以為我聽不見！」

於是我們回到了很正常的冥府諮商，彷彿沒有任何改變……但我內心多了一絲覺悟。

我不會再讓冥官們為了我殺人了。

我不能再讓他們因為我摒棄自己的驕傲了。

宣布完自己的任性看診順序後，我靠回舒服的躺椅，整理好心情迎接個案。

「妳要先看孜澄嗎？」

「對啊，怎麼了嗎？你又有什麼意見？」

「沒有……只是──我還是先迴避好了。」昱軒逕自走出門外，剛好與宋孜澄擦肩而過。要知道我的助理幾乎沒有自行迴避過任何個案，可是我又無法從昱軒和孜澄的表情看出個所以然。

如果不是諮商相關的事情，倒也跟我無關。如果孜澄真的在意，說不定等等就會尋求諮商了。

「簡小姐好。」

「孜澄，好久不見了。」宋孜澄上次諮商完之後就再也沒回來過了。那時候他們拔舌地獄的行刑人被受刑魂辱罵是「沒有人性的怪物」，也因此整個拔舌地獄的行刑人都士氣低靡，宋孜澄更是玻璃心碎了滿地，碎到來找我諮商。

這次的行刑人看起來神清氣爽，跟上回憂愁的冥官判若兩人，單看外表就知道這次大概是他近期內最後一次來諮商了。

看到他的笑容我也很開心，這種有自信，不被閒言閒語影響的人總是讓我嚮往。

「看你的狀態好像很不錯。」

宋孜澄有點害臊地搔了搔臉，「應該真的還不錯吧……簡小姐上次諮商完之後心裡的迷惘都消失了。可能因為知道行刑的意義所在，工作效率和強度都變高了。」他望著我誠懇地說，「真的很謝謝簡小姐，簡小姐的一番話對我們意義深重。」

當工作不再只是工作，被賦予了更深刻的意義時，再怎樣辛苦、不合理的工作都會欣然去做，還會幹得更加賣力。因為早期的醫療人員就是被這樣的期望所綁架。社會大眾用「天職」、「醫德」這些字眼形容我們，強迫著我們去做不符合工作內容甚至罔顧安全的事情，但這種綁架性字眼又特別有效。總是會有同事禁不起言語壓力而情緒低落。

「妳這麼兇幹嘛？妳不是護士嗎？」

「妳這樣子還叫『白衣天使』嗎？根本是『白衣惡魔』吧？」

不要以為這種話只會在八點檔裡面看到，因為我都遇過。我都覺得病人一定是連續劇看太多才說得出這種台詞。

這種綁架性言論不管聽幾次都覺得火大。但我現在對宋孜澄使用的好像是同一招。

……我忽然想要更改諮商策略了。但回頭一想，給自身工作賦予意義並沒有任何不好吧？真正不對的是濫用這些意義，企圖使其有利於你的時候。宋孜澄認真工作對我沒有任何好處……所以應該沒問題？

反正這個個案感覺就是準備結案，多聊上幾句試探一下好了。

「那『活人的寄託』、『世界和平就靠你們』這種說詞會給你很大的壓力嗎？」

「壓力……我倒是覺得還好。」孜澄望著天花板思索了一會，接著繼續說，「反而有種豁然開朗的感覺。身為拔舌地獄的行刑人，日復一日地拔受刑魂的舌頭……我的確有一度在思索為什麼要做得那麼殘忍。拔舌頭真的不是什麼好看的畫面。」

雖然沒見過拔舌地獄……應該說殿主們徹底禁止我接近十八層地獄。這道禁令是直接用各殿主的令牌傳下去，只要我的腳踏上那塊區域，全部行刑人都要受罰。

說個笑話：冥府跟我的後花園差不多，但我真的不知道十八層地獄在哪裡。

回到拔舌，拔舌這件事雖然沒看過活生生的酷刑，倒是以前護生實習的時候去跟過口腔癌的手術，見過被切下來的舌頭。當下我真的沒什麼害怕或驚悚的感情，我只覺得比滷味攤的豬舌頭新鮮，大概是滷過和沒滷過的差別……

忽然覺得我比宋孜澄還更適合當行刑人。

「但正如簡小姐說的，我們是活人的慰藉，也是警世的存在，而我們不能辜負殿主給我們的任務，更不能讓簡小姐對我們冥府感到失望。所以我們會認真的執行每一個刑罰。」

宋孜澄的眼神很堅定，他的話語也讓我感到欣慰。

說什麼失望呢……冥府從來沒有讓我失望過。

「我很高興能夠給你的工作新的意義。」

他好笑地搖頭，「不，我覺得是時間一久，我們都忘了自己是為了什麼而工作，偶爾需要有人提醒一下。」

的確，但是提醒你們是有用的，你們甚至會感激我。也有可能是願意走進這個諮商小屋的冥官都是渴望改變的，所以才有勇氣踏出那一步，聽聽我這個無牌無照冥府心理諮商師的幹話，所以我很珍惜每一個踏進諮商小屋的個案。

相較之下，很多人類再怎麼提醒都不願意改變，用各種藉口阻止自己甚至阻止別人改變，繼續庸庸碌碌毫無意義的生活。就算我提醒了後果，也只會招來一句「有病」。

「佳芬，世界上沒有鬼！妳是要媽媽講多少次！」

「妳看看妳，在家怎樣帶小孩的！」

「我沒有說謊！你們聽我說，廚房的雅棠姊姊希望爸爸把偷來的錢還回去，不然會下地獄——」

「廚房沒有人！」

「妳有病是不是！現在不只假裝看得到鬼，還指控我偷錢嗎！」

根據雅棠轉述，最後我爸還是有把挪用的公款還了回去，但已經無法改變偷竊的事實，

這筆罪行已經標示在靈魂上無法抹消。從小父母不願意相信我就算了，學校同學也只當我在說謊，反而願意相信說自己感應得到的同學。

人緣不好的時候，你說什麼都沒有人願意相信。

再強調一次：我真的很珍惜每個願意聽我說話的冥官。

至於人類……我不予置評。

「——小姐、簡小姐？」

我回過神，映入眼簾的是一臉擔憂的宋孜澄。

「簡小姐，妳還好嗎？」

我強行掛上營業用的微笑，這種偽裝我最擅長了，「哎呀，不小心走神了。孜澄你還有什麼問題想問的嗎？」

宋孜澄搖頭說，「沒有。」後起身就要離開了。他站起之後又是對我恭敬的鞠躬，「真的很感謝簡小姐提醒我們存在的價值，我會一直銘記在心的。」

也太恭敬了吧……看來我的後援會又要多一個人了。

就算最後有宋孜澄的誠心道謝，我的心情依然沒有很美麗。好好的一個諮商，全被半途闖入的爛回憶毀了。

「你如果想問什麼就問，不要一直偷瞄我。」諮商小屋只剩下我和昱軒，我也不用再裝了，語氣差到一個極點。我雙腳不安地縮在旋轉椅上，焦躁地原地轉圈。

還有下一個個案，要趕快調適心情……把自己轉暈應該就能暫時忘掉那段糟糕的回憶了吧？這個時候背景音樂就應該配上「轉啊轉啊七彩霓虹燈——」才應景——

「我很想問，但我覺得妳不會說。」雖然昱軒在我離家讀大學的時候才認識我，但他一定有從殿主們和我從小認識的冥官口中知道我的事情。以他了解我的程度，說不定連我是在想哪件糟糕的回憶都一清二楚。

他突然抓住不停旋轉的椅子，高挑身軀的他俯視著縮在旋轉椅上的我。

等一下，這個姿勢、這個距離——

他深沉的雙眸凝視著我，瞳孔滿溢的盡是擔憂。

「但我希望妳能跟我說。」

如果我現在不是靈魂狀態，我一定會屏氣到窒息，或者心跳加速到直送急診。有好幾秒鐘我腦子裡一片空白，因為我能看見的只有他。

不知道過了多久，他總算放開抓住椅背的手，把毛筆遞到我眼前，「妳不寫諮商紀錄了嗎？」

「當、當然要啊，毛筆給我！」我搶過毛筆，開始奮筆疾書，無比認真地寫諮商紀錄。

好近……太近了……不行！不可以再想了！總不能被宋昱軒發現我害羞到想找個棉被抱著放聲尖叫吧！趕快寫趕快寫……治療評估這次要怎麼寫呢？就寫「調適良好」好了！還有什麼嗎？再找點東西寫……對了，宋孜澄上次好像有提到其他行刑人也有被受刑魂的話語影響——

「佳芬？」昱軒見我握著毛筆的手停頓在半空，疑惑地問道。

「拔舌地獄的行刑人最近有什麼改變嗎？」

「嗯？」昱軒不理解地問，「好像效率變高了，工作氛圍也好上不少……怎麼了嗎？」

「不只孜澄，而是整群行刑人嗎？」看到昱軒點頭，我心中的擔憂變更大了。

現在沒有不可傷害人類的禁令了，但我卻給了一個行刑人工作的意義，而他也必定會用我的話激勵其他行刑人。正面的能量像漣漪一樣擴散當然是好事，只是……

我輕咬著下嘴唇，手中的毛筆遲遲無法寫下「結案」二字。

……冥官是活人的慰藉、是警世的存在……但他們真的不會因此結伴到人間行俠仗義嗎？之前是因為有「不可傷人」的禁令束縛著冥官，我才敢使用如此煽動性的言語。但現在沒了禁令，我能保證他們不會被我的話語影響後從低調保守轉而激進跑去人間當英雄嗎？尤其冥官還蠻有空的，不用吃喝睡覺的他們一個禮拜的工時還比我短——

……不對，我更該讓他們去懲戒社會上無人可管的人渣嗎？那些仗著有錢有勢逃脫刑罰的犯人、聯手欺壓百姓的無良政商、用花言巧語把血汗錢騙到手的詐騙集團、用言語和拳頭霸凌別人的惡霸、用各種理由解釋精蟲衝腦的強姦犯……以前黑白無常按捺不住性子的時候會破戒把這些人渣揍成豬頭，但礙於禁令的關係總會有殿主和拉拉弟制止他們傷人的行為，甚至會丟到我的門前尋求諮商。

我也的確都有在幫助他們克制自己的衝動，但不代表我覺得那些人渣不該被懲罰。

原本這些人死後就會下地獄接受刑罰。不過眼下禁令解除，這些人渣是不是活著的時候就能得到報應呢？

想來，內境人力不多，現下絕大部分人力又集中在戰事上，冥官在人界當英雄這件事內境沒空管，而人類關不住也抓不到冥官——

當無欲無求更無「人」可管的冥官插手人界，人界已經近乎迂腐定型的社會究竟會有怎麼樣的改變呢？

我很好奇，也很期待。

改天跟蒼藍試探一下面對內境人士時行刑人有多少自保能力好了。如果他們全身而退的機率夠高，我完全不介意在背後推一把。

宋孜澄

初步診斷：碎了一地的玻璃心。

處置：跟他解釋他的工作對活人的意義。

治療評估：個案對於工作調適良好，已能正向態度面對行刑及受刑魂。但正面能量是否在工作以外的部分表現仍需觀察，暫不結案。

直到昱軒收走諮商紀錄，我才發現我的注意力被他完美地轉移了。

……

我真的有一個很棒的助理。

靈魂回到肉體之後，我逃避地在床上又躺了半小時。

我今天好不想上班啊……因為差點被子彈打中的關係，我很理所當然地被調了班，所以昨天都沒有踏進醫院，但今天……

誰知道整個槍擊事件又會被傳成什麼德行啊！就算彥霓照實講，最後一定會在口耳相傳之間扭曲成另一個版本。更可怕的是，彥霓很崇拜我，所以八成會把我講得很神。

天啊……我可以不要去上班嗎？昨天新聞沒出現我的臉我都要感動到落淚了，今天外頭聽起來好像也沒有記者在外面守著……

轉念一想，這個屋子畫滿了冥府和蒼藍的法術和結界，要看得到我家門還真需要三把刷子……因為兩把刷子一定不夠，所以加碼成第三把。

「叩叩叩！」外頭忽然傳來急促的敲門聲，然後是一把既熟悉又陌生的女聲。

「學姊，再不起床妳會遲到喔！」

好煩喔……我對著房門應了一聲，迅速盥洗整裝後推開房門，向亞繪那張禮貌的面具對我聲聲抱歉，「對不起學姊，吵到妳了……」

「沒關係，我的確會遲到。謝謝妳叫我起床——」

——等等，我的房門是鎖著的，為什麼向亞繪能夠知道我還沒起床？

「妳——」

「我感覺得到學姊的房間有冥官來訪，冥官只會在學姊在家的時候出現。」

「妳感覺得到——不對，妳知道他們是冥官？」我訝異道，「蒼藍告訴妳的嗎？」

「我有去搜尋一點資料。」她有點不自在地抓住自己的手臂說，「家裡的古籍有提到……」

提起家裡會不自在……但為什麼？向亞繪無意間透露出的信息著實勾起了我的興趣，如果不是現在我要趕著上班，我絕對會順著話題慢慢問下去。但這不急，我還有兩個禮拜的時間可以慢慢試探這個室友。上班路上，我不斷回想與她的互動，把已知的資訊整理起來。

蒼藍稱呼亞繪為表姊，卻從沒說清楚到底是父親那邊的親戚抑或是母親那邊的親戚……也有可能兩邊都不是，因為蒼藍的父母並不知道蒼藍會法術，他的強度看起來又不可能是自學達得到的境界，合理推斷蒼藍是領養的並不過分。蒼藍年幼時期拜隱世高人為師也有可能，只是這樣的話就還是猜不出亞繪是蒼藍哪邊的表姊……

推理了一圈，好像又回到原點了。

說實話，跟蒼藍認識那麼久，除卻上回見到他爸媽之外，我還是第一次聽蒼藍提到他們家族……

不對，蒼藍提的是向亞繪的家族，對自己的家族卻隻字不提。不用說家人了，蒼藍也很少提起自己的事情。跟他的對話不外乎就是冥官、學校和星之海魔法少女。雖然說想試探的是室友的面具，但是沒搞清楚蒼藍的真正背景之前，好像有點難切入，畢竟我對她的認識幾乎是零。

那要怎麼樣去多認識她呢？忽然提一起吃飯或者逛街好像太明顯了……

「佳芬，妳有在聽嗎？」

「有、有……學姊妳說這一床是在家踩到鐵釘放了三天才來急診——」

雖然說我心底有近乎滿溢的好奇心，但現在的我是急診護理師，冥府心理諮商師的這個身分先跟向亞繪一起拋到腦後，工作還是比較要緊。

跟大夜的學姊交班完之後，我開始全心投入到工作裡頭，心無雜念地、全神貫注地……

——然後我就看到我們部長身後跟著一個很熟悉、很乖巧的身影。

我又把向亞繪和冥府心理諮商師的身分一起撿回來了。

因為是見習醫學生，向亞繪的工作基本上就是跟在她老師，也就是我們急診部部長身後學習。看她那戰戰兢兢連手機都沒在滑的樣子，靜靜地在做筆記，就算我刻意經過她前面都不為所動，應該是很認真地在扮演醫學生的角色。她面對部長的教學拼命點頭，唯唯諾諾的表情，看了真的有點……火大。

我也不知道我在火大什麼，但我很確定我越來越不喜歡這個女生。大概是因為那張過於牢固的面具吧？

鄰近中午用餐時段，專科護理師周任祺學長湊到部長身邊，「部長，我可以跟你借個學生嗎？」得到部長的允許後，任祺學長就帶著向亞繪到心電圖機器的旁邊，手把手操作教學。然後學長就把向亞繪留在原地，看他離去的方向，應該是要去吃午餐了。

「佳芬，妳要去吃飯嗎？」

「我是第二批，學姊妳先吃。」由於急診二十四小時都有病人沒有辦法放空城，所以我們醫護都是輪流吃飯，吃完飯後馬上回到崗位繼續奮鬥。又因我們整個急診就只有兩個專科護理師，只要其中一個沒有上班，另外一個就比較辛苦，一個人要負責全急診室的各式管路、換藥和心電圖。

至少這兩個禮拜有亞繪可以幫忙，學長和小魚能夠輕鬆一點，不用被打斷用餐。

我繼續抽永遠抽不完的血，抽完血還要先幫忙吃午餐的學姊給藥吊點滴，原本的工作量瞬間暴增，所幸現在沒有比較危急的病人。普通肚子痛、車禍擦傷什麼的都可以等，不能等的病人在門口檢傷就會直送急救室了，根本不會到我手上。

「向醫師，可以先幫我做這張心電圖嗎？」我看到檢傷的學姊匆忙地把一床推到向亞繪的面前。那是一名中年男性．身材略為肥胖，躺在床上很痛苦地扭動著，一手壓住胸口，嘴巴上不斷跳針道：「我的胸口好痛、胸好痛——」

這些徵兆……這床不意外的話等等會被送去心導管室通血管吧？

雖然說我是護理師，診斷病況基本上不是我的專業，但在急診混久了還是能看得出一些皮毛。我的手已經很自動地在抓等等大概會需要的抽血管子——

「先生，請問你叫什麼名字？」眼角餘光中，向亞繪熟練地掀起大叔的衣服，貼上心電圖貼片。

「呂一民，我的胸好痛——」

這個病人的症狀很快就引起了部長的注意，部長快步走到病人床邊，「先生，你什麼時候開始胸痛的？」

「半小時——我的胸口好——」

……

……然後病人就沒聲音了。

啊。

我當下的腦海裡只有一個字。向亞繪貼心電圖的手就跟她眼前的病人那顆心臟一樣靜止了。

當下是部長如雷霆般響亮的聲音把我們全部人的神智喚回來，「這床沒了！快推過去急救室！」然後就是一連串的壓胸、電擊、打藥。我們幾人輪流奮力地按壓無法自己跳動的心臟，呼吸器努力地往病人的肺部灌進再一口氧氣。每一次部長大喊：「全部人離開！」緊接著就是除顫器充電的高頻和電擊的聲音。

大概急救了二十分鐘吧……每一次急救都是精神時光屋，對時間會有種脫節的感覺，已經壓胸到雙手乏力的我被換了下來，在旁邊喘口氣，等等還得繼續當替換人力。喘氣的同時一邊環顧四周·尋找熟悉的黑白身影。

黑白無常還沒出現，所以這床有救嗎？病人的靈魂還沒脫離，代表這床還救得回來嗎？但是黑白無常再怎麼說就只有兩個人，要到處接引新死的靈魂難免會分身乏術，晚個一兩小時都算正常範圍——

正當我胡思亂想的時候，我瞧見向亞繪的右手不安地緊握著……她想幹嘛？現在是大庭廣眾，整個急救室沒有十個人也有八個人！但我也沒有辦法阻止她，只能眼睜睜看著她右手藏著的黃符避過所有人（除了我）的視線，巧妙地透過壓胸的動作拍在病人的胸口上——

下一次檢查心跳的時候，病人就有心跳了。部長看著心電圖判定是心肌梗塞後，大夥又手腳迅速地把人推到心導管室。一群人也開始回憶自己剛剛做了什麼事，討論還有什麼能改善的地方。

「果然是年輕人……心跳都停快三十分鐘了，心臟還能跳回來。」丟下便當回來幫忙的任祺學長滿臉佩服地讚嘆。但我知道根本不是年輕人不年輕人的關係，而是向亞繪多管閒事。

病人前腳剛離開，姍姍來遲的黑白無常滿臉問號地望著空空如也的急救室，呆滯三秒後才齊齊轉頭看著我問道：「人呢？」

……我頭好痛。

向亞繪一打開家門，就看見她的暫時性室友（沒錯就是我）獨自一人在黑暗之中的餐桌邊，唯一的光源是桌子上的三根蠟燭。為了打造陰森的畫面，我還特別把埋在電視櫃深處的巴洛克風燭臺挖出來。

「坐下。」

我真心覺得自己裝模作樣有上癮的趨勢。

向亞繪遲疑地坐下另外一張，也是唯一一張椅子。她放下背包的動作特別緩慢，雖然她盡力維持住一貫乖順的外表，但偷偷四下打量的視線還是入了我的眼中，明顯在警戒什麼。

我靜靜地審視著向亞繪的臉龐，被我打量個幾分鐘後，她漸漸開始坐立難安了。沉默也是很好施壓的工具，因為沉默本身就是一個開放性問題，而人腦是一個容易犯賤的器官，在未知的靜默當中，腦子只會越想越多。內心較不堅定的人容易在沉默當中自己先動搖自己，接著我只需要施加一點外力就能擊潰心防。

但我沒有想要玩到那麼凶狠．所以在對視五分鐘後，我先開口，「為什麼妳要救他？」

向亞繪低垂的長髮遮住了她的臉，沉默不語。

很好啊，以其人之道還治其人之身了是不是？那麼就讓我繼續問下去好了。

「妳真的覺得妳是在救他嗎？」我自顧自地說，拳頭不自覺地緊握，「妳知道因為妳的一張符咒，他得多承受一輪的急救嗎？」

向亞繪咬緊下唇，良久後才吐出一句話，「妳的意思是要我眼睜睜看著他死去嗎？」

「是的。」

她張開嘴巴，似乎想反駁些什麼，眼神透露出不解和氣憤。到了嘴邊的話最後還是吞回去，最後說出的只有冰冷的幾個字，「還請學姊說明。」

我能清楚地感受到禮貌語句底下的翻騰怒火。這算是與她相處的的三個禮拜，第一次看見向亞繪不一樣的一面。

我開始陳訴自己的觀點，「他是注定會死亡的人。妳讓他暫時恢復心跳了又能怎樣，他還不是在心導管室的時候又死了。」

「他還沒死。」向亞繪反駁道，「我離開醫院前他還活著。他現在人還在加護病房，他還有呼吸、還有心跳——」

「那只是機器輔助。沒有呼吸器他就無法呼吸，沒有葉克膜他很快就會心臟停止。呼吸、心跳只是數字，是那些『麻瓜』科學家看不見靈魂、看不見鬼的情況下，勉強設立的一個標準。妳既然是蒼藍的表姊，應該比我更清楚這個觀念不是嗎？」

我才要奇怪蒼藍與冥府交好……我更正，應該說他們有一定限度的合作關係，為什麼向亞繪會嘗試破壞冥府的規則呢？他們兩家對於死亡的觀念有差那麼大嗎？

向亞繪不甘示弱地回嘴，「如果急救時再給我更多時間和空間，我說不定能夠救活他。我們醫療人員的工作不就是救人嗎？」

「救活他然後呢？一輩子躺在床上當一顆白菜還不如死了算了。」

「總會有辦法的！只要他還活著，我們多的是法術讓他恢復成原來的樣子，為什麼我們不能救他？」向亞繪的音量漸漸提高，「當年蒼藍不也把妳救回來了嗎！」

救回來……

「——佳芬加油！妳不可以放棄啊——」

那時候我還能聽見父母在外頭的哭喊，雖然我的心跳停止了，但我還聽得見所有人的聲音，也感受得到所有人對我的身體做的努力……

最可怕的是我竟然記得發生的所有事情。

當年我還只是十七歲的高中生，對於急救流程沒有任何觀念，但我只知道很痛苦……被壓胸的時候肋骨一根一根斷裂、插管的時候喉頭被醫師強行塞入比珍珠奶茶吸管更粗更硬的氣管內管、最後反覆心跳停止所以裝上了葉克膜勉強維持。

在加護病房的時候，我站在床邊看著被插滿管子和管線的自己，心中對當時決定救我的父母只有怨恨。

為什麼要救我？不是不喜歡我嗎？不是一直無法接受我看得見的事實嗎？不是一直以來都覺得我讓他們顏面掃地，因為自己的女兒不斷妄想鬼魂的存在嗎？

那為什麼要救我！為什麼要讓我承受這種痛苦！

滿腔的疑惑很快得到了解答。

「真的要繼續救嗎？」

當時，媽媽在床邊輕輕地撫摸我的頭髮，不捨地問。

「當然要救！經歷過生死關頭，說不定佳芬就會懂事許多，不再幻想鬼的存在，我們的女兒就能正常了！」

這就是我父母決定救我的原因。身形近乎虛無的我只能絕望地看著父母走到醫師身邊，對醫師說「救到底」三個字。醫師也的確遵從我父母為女兒做的決定，用盡一切方式讓我活著。老天大概覺得我這輩子受的心靈創傷還不夠多，祂竟然讓我記得在加護病房裝著維生器械的日子是有多麼的無能為力、多麼的煎熬。

大概是進加護病房後的第四天晚上吧？靈魂狀態的我機械式地嘗試拔掉維生機器的插頭，可是沒有實體的手總會穿過那些電線，也不會像冥官那樣造成短路的情況。我的雙眼原本還能滿懷希望地望著病房門口，期盼無救哥哥和必安哥哥能夠讓我脫離這半死不活的狀態，但這份期待也隨著時間一長慢慢消失……

而在等到無救哥哥和必安哥哥之前，另一個人先出現了。

第一眼我就知道這個人不是普通人，因為全世界不會有任何一間醫院會在半夜三點，讓

【第十四章】　糾爭／糾纏

一個穿著睡衣的小學生在加護病房內閒晃。

那個小學生就是九歲的蒼藍。那時候我還不知道他的名字，只記得他是一個白白胖胖的小孩子。

他看了我一眼，自顧自地開口，說話時還帶點奶音。

「妳想活嗎？」

我想活嗎？

如果活下來的代價是一輩子像現在這樣躺在床上，連自由地呼吸都沒辦法的話我才不要！

但是同時我也不想死。

我才不會如「她們」所願，這麼輕易地死掉。我要親自用我的雙腳，走到她們面前問，為什麼拋下我，讓我留在原地等死，為什麼她們反鎖了那扇門？

「妳死不了，黑白無常的名單上要有妳的日子還很久，但是也不會活得太好看。」

聽到這裡，我的眼神更加黯淡了。

「不過有人付了代價要我救妳，讓妳能夠恢復到原本的樣子，能夠正常呼吸、走路、上學。」

一片白光在我眼前炸開，白光之中只有飄渺的一句話。

「佳芬姊，我們下次見。」

向亞繪見我沉默下來，大概以為我想起不好的回憶。她慌張地道歉，「對不起，我——」

「我那個時候本來就不會死，蒼藍只是恢復我身體原本的樣子。我覺得我的狀況和今天那個病人的狀況是完全兩碼子的事。」我說出的話異常平靜，甚至有點隨意。面對意料之外的反應，向亞繪一時不知道自己該怎麼接話，最後吐出來的只有「對不起」三個字。

「對不起什麼？妳也太小看我了吧！我可是急診護理師，每天都在急救耶。總不可能每次急救都想到曾經的自己，陷入回憶漩渦吧？」我輕描淡寫地說。

她並沒有答話，我也打算就此打住，不再訓下去。一不小心變成諮商的話就破壞自己的原則了，另一方面是因為辯論一輪，我肚子都餓了。

在我的一聲令下，向亞繪很乖巧地幫我買消夜去了，我還特別指定了車程要半小時的鹽水雞，就當作是今天她魯莽行為的懲罰。

向亞繪離開後，偌大的屋子瞬間只剩下搖曳的燭火與我作伴。

「讓蒼藍自己教育自己的表姊吧……」我喃喃道，一手抓起手機要傳訊息給蒼藍，怎料社群軟體自作主張幫我推薦了一個與我年紀相仿的女子各地遊山玩水的旅遊影片。影片中的女子打扮得清純可愛，正活潑地介紹巷弄裡的網美咖啡廳。

是她。

「你們看！三百塊就有這麼大份的早午餐這是要去哪裡找？還有這杯拿鐵的漸層也太美了吧——」

影片中熟悉的聲音讓我瞬間產生了反胃。看見她的當下，我的記憶不自主地倒帶回去八年前——

「佳芬，我們四個要當永遠的好朋友喔！」

這句話是她與她們給我的承諾，用著與影片中一模一樣的聲音。

同時也是「她們」反鎖了那道門口，把我留在原地等死……

「我們那時候害怕了……」

「那現在呢！為什麼我出事之後不曾來看我！」

「佳芬，我不覺得妳需要我們——」

「我很需要！不管是『那一天』還是我住院的那一個月，就算是現在，我都很需要妳們！妳們為什麼要離開我——」

「——妳們怕的不是鬼，是我對吧！」

「妳們怕我講出那天的真相對吧！」

……

「不過有人付了代價要我救妳，讓妳能夠恢復到原本的樣子，能夠正常呼吸、走路、上學。」

……到最後，是冥府付出代價拯救了我。我的親生父母只希望我能夠變得「正常」，而我當時最要好的朋友不僅把我留在原地等死，還直接翻臉不認人。不認人就算了，她們還聯手精心準備了一個很棒的「禮物」，慶祝我出院回到學校。

被急救當下和之後復健的痛，都比不上父母全然不信任和之後被朋友背叛的痛。

但那都是過去的事了。我現在過得很好，就算經歷過創傷和背叛，我也過得很好。我現在有一份穩定的正職，還有一份受人景仰的兼職，我還交了許多願意相信我、不會背叛我的冥官朋友——

我真的過得很好。

……

…………

回過神的時候，燭臺已經在地上摔成兩截，餐桌和椅子都翻倒在地上，沒一個是完好的。播放著影片的手機已經成了碎片，用什麼砸的已經記不得了。空蕩蕩的屋子裡，輕輕的啜泣聲漸漸不受控制，成了撕心裂肺的嚎哭聲。

【第十五章】　落幕／揭開

有時候，我真的分不出冥官和人類的差別。因為兩者實在太像了，不管是談吐、行為、情緒，冥官對我而言真的就只是沒有形體的人類。

絕對不是超然脫俗的人類，而是沒有形體的人類。

為什麼忽然這麼說呢？因為人類的白目、腦殘和犯賤一樣能在冥官身上看見。

就比如說我曾經諮商過的一個冥官——清彩杏，她是一個有著歌手夢的冥官，好死不死還想給我當人界的歌手，說什麼人類的歡呼聲更有活力、更熱情。

……

夢想歸夢想，但現實面總得考慮一下吧？我還記得那次諮商我是支持她去追夢，但大前提就是她要想辦法克服自己沒辦法站在太陽底下、沒辦法被相機拍到、沒有實體、真被發現是冥官怎麼辦的這類問題。猶記得昱軒那時講得比較絕情，就是叫她想都別想。

現在回想起來，那個時候昱軒已經知道冥府和內境關係不好，要一個清朝的孟婆在眾目睽睽下表演還不吸引內境的注意力根本不可能。現在又是戰爭時期，冥官躲起來都來不及了，更何況在外頭站在舞台上當活靶……

舞台上……

——誰來跟我解釋現在電視轉播的演唱會開場嘉賓為什麼那麼像我一年前諮商的孟婆！

這絕對是湊巧的吧？剛好長得很像而已之類的？或許我腦袋當機的表情過於精彩，連暫時性室友向亞繪都忍不住湊過來看電視上在播什麼。

「喔？是蓋棺女孩耶！」向亞繪提起的時候難掩眼中的興奮與激昂，「她們最近超紅的，一堆人想找她們合作和上節目。」

那個團體名字又是怎麼一回事……自嘲自己貨真價實地躺過棺材也不好取這樣的藝名吧！而且，我現在覺得更恐怖的是，除了那張熟面孔之外，這個美少女組合還有另外四個人，雖然攝影機無法拍出冥官身上特有的綠色螢光，但是無庸置疑地每一個都長得很漂亮，很漂亮之餘還很有才華。

我不懂跳舞，但是她們的舞台真的很好看……美中不足就是五個人當中有一個動作會落拍又比較欠缺力道的熟面孔。

「……彩杏對跳舞還是比較不熟悉。」名字還一樣……我幾乎是眼神死地聽著向亞繪繼續跟我分享道，「原本蓋棺女孩只有四個人，彩杏是去年最新加入的。雖然是新成員，但她們的感情真的很好！彩杏也剛好完美填補了她們缺少的唱歌人才，整體演出效果瞬間提升不少。不過她在採訪錄影的時候也有說過她是跳舞初學，以前幾乎沒有跳過舞。但是她真的很努力在練，其他團員也都很熱心地教她。妳知道蓋棺女孩原本不叫蓋棺女孩嗎？最一開始的時候是她們隊長——」

看見向亞繪口沫橫飛從蓋棺女孩出道前的故事講到如何爆紅再說到現在的表演風格的蛻

變，我不由自主地想起了另一個說起星之海魔法少女就會進入忘我境界的表弟。沒想到竟然在這種小地方展現家人的共同點。

「……啊，我好像不小心說太多了。」

「妳可以繼續說沒關係啊！」這樣我就不用去作功課，晚點就可以把清彩杏約來我家諮商了。

結果是清彩杏自己跟我提議要去冥府的諮商小屋見面。是見面，不是諮商。她根本不覺得自己需要諮商。

「她是腦殘嗎……」宋昱軒看到網路影片的時候忍不住開罵，「一個清朝的孟婆這麼高調，是嫌存在太久想要被消滅掉嗎……」

「太久沒回來的個案果然還是需要追蹤一下……」宋昱軒立刻掃了我一記殺氣騰騰的眼神，我馬上改口道，「——但這應該是特例啦！來找我諮商過的冥官沒有五百個也有三百個，不可能叫你一個個去追蹤啦！」

見我僅用零點一秒鐘打消叫他去追蹤個案近況的念頭，他也不多追究，反而是我針對這點細問下去，只不過是用比較開玩笑的方式試探，「最近工作量很大喔？」

「知道就好。」我的小助理兼護衛隊隊長輕描淡寫地說，但這句話背後應該隱藏了許多跟內境人士的激烈交戰。他順勢送了我一記白眼，「要妳安分地待在家裡妳又不願意。」

「我得上班啊！如果我請假，阿長要從哪裡找人力補我這個缺？」

「妳家直屬看起來很樂意。」

「不能這樣拗彥霓啦，她都因為我被綁架過了，我心裡已經夠不好意思了，要是還拜託她上我的班的話會讓我良心不安啊。」

昱軒冷哼了一聲，「妳叫她陪妳吃火鍋當誘餌的時候，都不見妳有良心不安。」

提到誘餌那件事我真的心虛了，「那是因為我把你們全找出來了，還有蒼藍在——」

「妳應該很清楚妳是我們的首要保護目標吧？」宋昱軒忽然扳起一張臉，嚴肅地說。

「就算彥霓當真被攻擊，我們還是會以妳的安全優先。」

「意思是如果我跟彥霓都快死了，你們一定會先救我就是了——知道了啦！我感覺到好安全喔！」我有點煩躁地回應。本來彥霓跟冥府就沒有一點瓜葛，講白一點，冥府根本沒有任何義務去保護我身邊的人的安全。我的吩咐之下保護其他人頂多只是順便。

我當然知道，還很清楚。就算是彥霓陷入危險，我也不會讓冥官冒險去救她。

彥霓是人類，冥官是……冥官，我覺得很好選。

「叫彩杏進來。」我也不想繼續這個話題，把心力放回正事上。

清彩杏一進來就能感覺到她與其她諮商個案不一樣的地方。會來我這邊諮商的個案不是眉頭緊鎖就是淚眼汪汪，望著我的眼神就像看見救世主一樣——

某些個案除外，例如永遠無法控制自己拳頭的黑白無常。

總之，清彩杏全身散發自信光芒的模樣在我的諮商小屋並不常見。

「簡小姐好！」

活力充沛的樣子也是……能把孟婆的白色旗袍裝穿得那麼可愛大概也只有她了。

「好久不見了，彩杏，」首先來一點客套話，「最近過得如何呢？」

「挺好的。」她滿臉都是微笑，發自內心的微笑，「我聽了簡小姐的建議，克服了許多現實層面的障礙，現在總算追夢成功了！」

「有，我有看到妳的表演。真的很厲害。」

「嘿嘿，我就說我唱歌很好聽吧！我們接下來還有好幾場商演，行程都已經排到三個月後了。現在遇到的公司也很好，很努力地在幫我們打知名度……」

我的眼角餘光瞄到宋昱軒不悅下垂的嘴角和緊握的拳頭，他現在的表情看起來就像要把清彩杏一拳打暈。他好幾次想開口打斷都被我瞪了回去。

「我還有看見妳們的訪談，『蓋棺女孩』這個團名是妳提議的。」

「本來的 Miss Cutie 就沒什麼辨識度，在我加入之後經紀公司就有提議改名。我的團員也想要改名很久了，這個名字不是她們取的，是前老闆按照自己喜好取的。現在叫作蓋棺女孩之後辨識度提高了，一開始因為過於特殊的名字也蹭了一波網路熱度——」

「妳們都對外說會叫蓋棺女孩，是因為成為國際知名的藝人這個夢想是蓋棺論定的事實。」

「人類也不需要知道我是真的躺過棺材吧？死後還不忘記生前的夢想，繼續追夢不覺得更加帥氣嗎！」

清彩杏興致高昂的模樣不禁讓我感到頭疼……雖然知道妳死過一次，但可以不要嘲諷自己得那麼理所當然嗎？我們更擔心的是妳的安全啊！

「現在冥府和內境正在打仗，妳都不擔心嗎？」

「嗯？我只是個孟婆，打仗應該跟我無關吧？」清彩杏事不關己地說，說話的方式跟三秒前談及自己的演藝事業天差地遠。

有關係、太有關係了！雖然妳「只是」個遞孟婆湯的孟婆，但終究還是冥官啊！內境只會把妳當作一塊鮮甜的肥肉，看是抓起來嚴刑拷問情報還是滅掉換錢都可以。

「那妳都不怕——」我還沒說完，孟婆就揮揮手打斷我的話，「哎呀，內境人士沒有那麼聰明啦！我都已經作為蓋棺女孩活動半年了，到現在還不是沒被滅掉。而且現在禁令解除了，我更不怕了。」

諮商小屋的溫度忽然降低，桌子上的燭火搖曳了起來。

「誰敢阻擋我的演藝生涯，我就讓他生不如死。」

哇靠……這種恐怖的發言……我偷偷瞄向站在清彩杏身後的昱軒，他的臉色看起來超級難看。為了避免他們兩個在我的諮商小屋打起來，我連忙換一個話題。

「妳是什麼時候開始想要要當歌手的？」

一談到夢想，清彩杏冷酷的眼神馬上暖化，然後迷濛地陷入回憶的漩渦，「我還在世的時候就很喜歡唱歌了，但是以前的年代只會在青樓裡見到唱歌賣藝的妓女，所以只敢在家裡偷偷地唱……」

我漸漸地往後退，逐漸堆疊高漲的陰氣化成實體的旋風，把我桌上的紀錄全颳到地上。我的護衛隊隊長看不下去了，一個箭步向前，一手用力地扣著清彩杏的手腕，

「彩杏、清彩杏！」宋昱軒叫了兩聲，但清彩杏完全沒有回神的意思，繼續喃喃下去，「我很羨慕能夠獲得掌聲的她們……那些姊姊能夠穿好看的衣服站在台上成為眾人矚目的焦點，我真希望有朝一日能夠有聽眾聽我唱歌……」

我默默地塞了一根掃把到宋昱軒手裡。宋昱軒低頭看了一眼掃把，再望著我，用嘴型問我，「妳認真嗎？」

我篤定地點頭。本來她間接威脅我的時候昱軒就很想揍她了，現在只是順勢給他個完美

的理由而已。

「結果我還真的願望成真了，我真的站在舞台上唱歌了……但一樣是在青樓裡。爹爹自從弟弟出生之後就沒正眼看過我，為了籌措弟弟去私塾上課的學費，他想也沒想地就把我賣了——啊啊！」

我舒服地躺在椅子上，冷冷地看著昱軒把清彩杏用掃把打到趴在地上，好像一切再正常不過一般。

在我的諮商小屋中，這畫面的確挺正常的。但動手的通常都是我，不是昱軒。如果不是清彩杏的陰氣漩渦過於猛烈，我也很想要親自動手。這麼舒壓的事情怎麼可以交給其他人呢？

「我……昱軒前輩……？」

昱軒用掃把指著清彩杏的鼻子，就算他手上抓的是掃把還是有模有樣的帥，「雖然簡小姐現在是靈魂狀態，但是爆漲的陰氣一樣對她會有影響。妳在人界久了，但應該沒忘記自己依舊是個冥官吧？」

「真的很對不起……」清彩杏一邊道歉一邊爬回椅子上，一手還扶著額頭，緊皺的眉頭看得出方才昱軒出手，完全沒因為對方是女生而手下留情。我等清彩杏從疼痛中恢復過來，才繼續諮詢。

「彩杏，妳現在覺得快樂嗎？」

在腦門遭受爆擊後的第一個問題竟是如此簡單又深奧，讓清彩杏愣了一下，但很快她就挺起胸膛驕傲地說，「我很快樂，也很驕傲。我只是個清朝的孟婆，但我不怕辛苦地努力學習，只為了能夠站在舞台上追逐自己的夢想，而我現在也正站在正確的道路上。」

想來也是。清彩杏從踏進這間諮商小屋的那刻開始，我就知道她不需要我的諮商了。今天頂多算結案。

……但並不是以好的方式結案。清彩杏太執著於自己的夢想了，而且是不惜傷人的程度。

如果當初我順著昱軒的話要她好好待在冥府就好，人界是不是就會少一個未爆彈呢？這個諮商的最後結果，其實跟我親手轉化了一隻怨魂沒兩樣吧？假如一年前我就知道冥官不傷人的大忌會被解除，我是不是會換另一種諮商方式呢？

我不知道。

「如果妳沒有其他想問的事情，今天到這裡就可以了。」我在她的諮商紀錄上寫下「結案」二字之後蓋起，然後淡淡地說，「最後容我提醒妳一句，要小心自身安全。妳現在是冥官，想讓妳消散的內境人士在人界到處都是。」

「我會小心的，我到現在都藏得很好。謝謝簡小姐的關心。」清彩杏禮貌地婉拒我們的保護，對我深深一鞠躬後便離開諮商小屋。

昱軒直到門板完全闔上才開始對我發難，「妳都不阻止她嗎？她繼續在光天化日下表演，必定會成為內境的目標！如果她真傷了人，就算是我們也不一定會出面去救她的！」

「來不及了，她已經嘗到甜頭了。現在阻止她追逐歌手夢，只會覺得我們是在妨礙她，而不是為了她的安全著想。」

她不會領情的。聽不進去的人或冥官根本沒有諮商的必要，只是浪費自己的口水而已。至於要不要上報給殿主，職業操守來說這是不被允許的。要知道如果在醫院遇到通緝犯來看病，在維護病人隱私的前提之下是不能報警找警察來抓的。

我現在只有深深的自責和懊惱，自責為何當初鼓勵她排除萬難追夢。

清彩杏

初步診斷：有人界歌手夢的冥官。

處置評估：勇敢追夢成功，但個案為了夢想而變得過激且忽略自身安全。已勸阻但成效為零。

備註：應小心她有可能對人類或冥官造成傷害。

今天不管是對我還是對冥府都是很特別的一天。

今天是殿主給了周朝迎旭收拾住處和與熟人告別的最後期限。據宋昱軒的轉述，他和殿

主挑了一個吉時，讓他得以安然地消散。

直到目前為止，我依然沒有收到周迎旭反悔的消息，但我卻收到他想在最後見我一面的要求。

為了這位三千歲的前輩，我還很慎重地換了正式的套裝，不然平常就算是殿主來找我諮商，我也只會穿居家服。居家服舒適又方便活動，對於隨時要抄起掃把打人的我來說再適合不過了。

我不習慣地望著鏡子中過於正式的自己，白色的上衣配上黑色的西裝裙，顏色上的搭配太像要去參加嚴肅的喪禮了。沉思了一會，我從衣櫃深處撈出暗紅色的領巾和墨黑的絲巾扣環。前者是雅棠送我的領路人制服的標準配備，絲巾扣環則是因為我綁絲巾的技術太爛，雅棠實在看不下去只好加碼多送一個白痴都會用的扣環。

還要換個配件嗎？還是這樣就好？但其實我很清楚自己不斷找事情做只是因為我正在逃避等等與周阿伯的對話……因為我完全不知道要跟一個選擇消散（死亡）的人說什麼。

我有去問過在安寧病房上班的學姊，他們對臨終的病人平常都怎麼互動。

「就像平常一樣啊！我們的工作是讓病人在沒有痛苦的情況下離開，所以跟普通病房一樣的『你會不會覺得痛？』、『哪裡不舒服？』這種問題還是會問。當病人已經昏迷無意識的時候，就要觀察病人的表情去調整藥物。當然除了病人之外還要照顧家屬的情緒……」

我個人覺得學姊回答得很標準，但對我怎麼一點幫助也沒有？首先病人的狀況就完全不一樣了吧？安寧病房的病人是選擇死亡的方式，周阿伯選擇的是死亡（消散）。更別提我完全不知道為什麼周阿伯離開前指定要見我了。絕對不可能是告訴我哪裡有古蹟可以去挖挖看然後發大財。

我為他的酒杯斟滿冥酒，這次是熱的。為了他我還特別用瓦斯爐加熱過。有鑑於我真的不知道怎麼開口，所以我只能跟他大眼瞪小眼。

「簡小姐上次見面曾經問過我，為什麼忽然想要消散。」

我輕輕地點頭。第一次見到周迎旭，聽見他荒誕的要求後我的確有問這個問題。

「因為我無法再承受戰爭了。」古老深邃的眼睛透出疲憊，「每次的戰爭都會損失許多冥官。每次只要不傷人禁令一撤除，人類大量死亡之外，冥府也必定遭受人類的反擊。」

「這不是第一次冥府和人類的戰爭了吧？」

「自我當上冥官以來，這是第四次了。」他的眼神漸漸變得悲傷，「每次的每次，人類都會獲勝。就算冥府一開始以洪水之勢輾壓人類的進攻，最後人類總會找到方法打敗我們，而我們又只能躲回地底最深處，一磚一瓦重建冥府。」

我不大明白周迎旭為什麼想跟我講古。我只是個無牌無照的冥府心理諮商師，並沒有任

何改變戰局的能力。另一方面我也很想叫他閉上他那張烏鴉嘴。

冥府怎麼可能輸？十殿殿主現在的戰略叫做「盡可能降低傷亡」，不然以冥府的兵力，召集全數武官發動總攻擊就會贏了吧？冥府怎麼看都不可能輸啊！

我很想反駁，內心一番拉扯後還是決定靜靜聽完周迎旭的故事。

這是他在世上最後的時間了，還是把說話的時間留給他吧。

「……而每次，殿主都是人類首要抹消的目標，無一倖免。」

聽到這裡，我的心臟就好像有人掐著一般緊縮著。

「哥哥們知道這件事嗎？」

「他們知道，在正式開戰前他們有來尋求我的建議。畢竟我的存在最為久遠，幾乎可以追溯回冥府的規則剛在這世上成立之時。」

或多或少聽過殿主們提到，他們冥官充其量只是世界規則的執行者，並沒有想像中的自由且強大。他們是有權力改變一些小事，例如受刑魂該分哪邊，或者增減各個地獄收置的罪行種類等等，但他們沒辦法改變根本的事情，比如說人不用死、或者靈魂不必進入輪迴……之類的。

「那麼……殿主在戰爭之後消散是世界規則嗎？」

「不是。」他很篤定地回答，「但幾乎是鐵律。歷史記載上還沒有一位殿主能夠撐過戰爭——」

他的語氣突然變得柔和，「——但我希望這次他們都能撐過去。就好像我希望冥府能夠擺脫戰敗的夙願。」

我乾笑道，「你這樣講好像是在拜託我幫助冥府獲勝一樣。」

「是這樣沒錯。」

「周迎旭先生，容我強調一次：我是個普通人類，只是剛好天生看得見。我沒有任何法力，就算在人類的社會當中也只是個小小的急診護理師，沒有任何話語權和影響力，但你現在卻在拜託我幫助冥府打贏一場歷史上沒贏過的戰爭。」

「這是冥府與人類的第四次戰爭了，而妳是有史以來唯一一個冥府心理諮商師。妳的出現也的確給冥府帶來不一樣的面貌。而且——」

他故意頓了幾秒，故意等我露出鼓勵他說下去的眼神，他才接著說。

「——妳也不希望冥府輸掉吧？」

如果是正常人類，聽完前面悲壯的歷史再以這種話結尾賦予任務，倒戈的機率大概是一半。不得不說，這完全是我在心理諮商時會使用的招數。

但我不是正常人類，我是「冥府」的心理諮商師。

「想要我幫冥府做事大可直說，不需要對我情緒勒索。」

我老早就站在冥府那邊了。

「還是被發現了嗎？」他淡淡地笑著，「果然冥府心理諮商師就是不一樣啊。」

「我才要好奇你們什麼時候才會理解我雖然是人類，可是絕對支持冥府吧？」或許我應該印一張紅布條掛在我的諮商小屋門口，用這種方式昭告天下，全體冥官才會明白我的立場吧？

「知道歸知道，但還是想要親眼見證妳的覺悟。」

「你也是可以留下來見證我的決心。」

他語塞了三秒，隨即明白了我的意圖，「簡小姐，妳想要說服我繼續『活』下去是不可能的，我的心意已決。」

「試試看也無妨啊！說不定你就這樣被我說服了呢？」我玩味地笑著，一方面也是讚嘆三千歲的老妖怪果然不一樣，一句話就被聽出居心不軌了。

「那我還是不要繼續待在這裡好了，太危險了。」他仰頭將眼前的冥酒乾淨，酒杯放下的時候還順勢說，「希望簡小姐未來對冥府的友好也如現在一般堅定。」

我不屑地哼了一聲，「這是當然。」

周迎旭拱手做最後的道別後，我從櫃子裡翻出一根白色蠟燭插在桌子上。然後拿出周迎旭的諮商紀錄，接著為自己酒杯斟滿了酒。

時間一分一秒地過去。當晚上九點一到，我在他的諮商紀錄上寫下「結案」二字，然後對著蠟燭敬酒，

「周迎旭，祝你消散快樂。」

燭光就此熄滅。

用簡易的儀式送走周迎旭後，我又坐在原地幾分鐘，梳理一下自己現在的情緒。

心底說不上不捨，但還是有些悶悶的，大概是感傷吧？急診做久了面對往生的病人都不大會有感傷的情緒了，而我竟然對一抹靈魂的消散而感傷。

被蒼藍知道的話，他說不定又會大聲嚷嚷說我這樣很奇怪吧？

我摸黑開燈，正打算把餐桌收拾後睡覺，門鈴聲卻在我換好睡衣的時候響起。

我不是叫亞繪今天十點以前都不要回來嗎？而且按門鈴是怎樣，忘記帶鑰匙嗎？

我無奈地打開大門，門外站著的卻不是亞繪。

「佳芬姊……」

「蒼藍？你怎麼——」會出現在這裡？

他有氣無力地問，「……我可以進去嗎？」

蒼藍平時一臉痞痞的樣子，不管是冥官還是城隍都沒放在眼裡，就算是遭遇內境人士也

是一種意氣風發不可一世的樣子。現在消沉的模樣看起來超級不對勁！我連忙邀請他進來，但蒼藍沒有像以往跟我拌嘴，而是最短距離走到客廳，然後整團縮在沙發上。

我緩緩湊到他身邊，柔聲地問，「發生什麼事了？」

「佳芬姊，我剛去執行……」

「他的消散不是你造成的，是他自己選擇消散——」我幾乎是反射性說出安慰的話，但得到的回應是他的搖頭，

「不是的……佳芬姊，他消散前跟我說了一些話——」講到最後，蒼藍竟然有些許哽咽，眼淚也緊接著像關不住的水龍頭流了整臉。忽然在客廳有個哭成淚人兒的青少年我也是慌了，一時間的功能只有遞衛生紙。

「可以告訴我他跟你說了什麼嗎？」

蒼藍一個勁兒地搖頭，一個勁兒的哭。我只能在泣聲之間勉強聽見片段，「佳芬姊，我好害怕……我該怎麼辦……」

對情況完全不瞭解的我只能陪伴，然後默默地再遞出一張衛生紙。

周迎旭

主訴：「活」太久不想活了。

最終診斷：不想再見到戰爭而選擇以消散逃避。

處置評估：消散已於民國一百一十二年六月六日執行完畢。已結案。

魏蒼藍

〈民國一百一十二年六月六日臨時追加〉

情況：個案執行完消散後無預警跑來，主訴周迎旭於消散前說了一些話，內容不明，個案也不願透露。但可得知個案對此極為害怕與迷惘。

處置：後續叫了三百塊的鹽酥雞和黑糖珍珠鮮奶，再加上撥放星之海魔法少女的影片，成功讓個案先行忘記周迎旭的話語。

備註：以後如有執行消散，應禁止執行者與消散者儀式前有所接觸。

雖然不願意承認，但其實也有不友善的冥官。

這是必然的，一個社會群體總會有強者和弱者，但弱者不一定是被保護的那方。

「民違仁，回診。」

違仁是民國，男性，但長相中性，個性也偏軟弱，所以常被單位的前輩嘲笑欺負，也因此困擾。

然後我就叫他回去把自己練強一點，不管是工作能力還是打鬥能力，實力夠堅強就不會有人敢嘲笑你了。

這是檯面上，我給他的諮商建議。檯面下，因為我極度痛恨霸凌，所以上次武鬥大會我就特別動用關係，把他們單位的前輩分配到跟雅棠一組，然後拜託雅棠幫我狠狠地揍一頓，還指定一定要打臉，最好打成豬頭。

雅棠也的確完美地達成了她的任務。

後續是有安排回診，但民違仁每次都沒有出現，應該是工作忙碌。

當他延期到第三次時，我總算發覺事情有所蹊蹺。也因為如此，冥府在某個星期三深夜就有了小冥官在眾目睽睽之下，被我的小助理綁架進諮商小屋的一幕。

「那、那個……簡小姐好。」他有點膽怯地望著我，不敢接近，眼神不斷飄向他身後的出口。很可惜的，出口有宋昱軒擋著。

想逃，沒門！

我用筆尖點了點個案的專屬諮商椅，不過民違仁還是沒有就坐的意思。

想站著諮商也不是不行。秉持著諮商應當與個案平起平坐的原則，既然個案想要站我就陪他站！於是我從椅子上跳起，站到他的身前不到一隻手的距離，然後抬起脖子仰望他。由於仰望他脖子實在太酸了，所以我又從小屋的深處挖出一張折凳踩在腳下。

折凳的原本用途是因為我有一段時間很著迷於用折凳打人，但後續發現其實不大順手加無法使用連續技，於是就放在小屋的角落生灰塵了。

總之，現在諮商小屋呈現一個很神奇的畫面。試想像有位心理諮商師踩著五十公分的折凳，大開嚴肅氣場俯視可憐的個案，民違仁都被我瞪得快縮成一團球了。但在如此可笑荒謬的狀況，民違仁仍不願意開口，視線一直閃爍逃避著我的注視。

嘖，沒用的傢伙。

我跳下折凳，揮手道，「你回去吧！等有改變現狀的勇氣再來找我。」

聽懂我的話，昱軒往側邊踏一大步，把出口讓給民違仁。還沒等我多送幾句勸告，他就像嚇壞的兔子一溜煙地奪門而出。

與我一同見證個案落跑的小助理憂心地問，「需要我介入嗎？」

「所以你知道第一殿有職場霸凌的情況。」

「或多或少，應該說這種狀況各殿都會發生，嚴重與否而已。」

「殿主們不管嗎？」

「幾年前有清理門戶一次，但之後就又冒出零星的情況了。」

喜歡仗勢欺人的人真的到處都有，但我又不能再把這群人揍一頓了……這招在武鬥大會的時候已經用掉了。

唉……要怎麼拯救這些被霸凌的人呢？

「佳芬，妳為什麼要說謊？」

「聽說三班的佳芬『看得見』──」

「告訴你，那是騙人的。我聽明秀說那是佳芬想要吸引別人注意力而已──」

「嘖嘖，這樣也想騙？」

「我有認識她的國中同學，據說佳芬從國中開始就很奇怪了。常常請假去看醫生，應該是治療神經病之類的吧？」

「對！我爸爸是醫生，他也有說有些神經病就是會以為自己看得見──」

「佳芬，妳還好嗎？」

我強硬把自己從不好的記憶抽離，回到熟悉的諮商小屋。為了掩飾方才陷入回憶的呆滯，我還特地搖了搖頭，微帶疲憊的口吻說道，「有點累了……連上四天的大夜班作息有點亂，昨天下班後還得爬起來去上課……」

宋昱軒想必有發現我不自然的表情，但他沒有追問，大概是明白追問只會勾起更多糟糕的過往。他配合著批評我的工作，「你們的工作根本不是人做的。」

「對啊……醫院要求我們用自己休假的時間去上課，還不額外給加班費。你覺得這樣合理嗎？」

他立刻搖頭，認同地說，「我從來沒有覺得你們的工作型態是合理的。」

你看，連鬼都知道我們過勞。所以我才說成天壓榨我們，為了自己的利益不斷剝削員工薪資、福利與權利的高層連妖魔鬼怪都不如。

「妳還要看下一個嗎？」或許是我一臉疲態，昱軒在叫號之前先詢問一聲，「還是我讓他先回去？」

「剩幾個？」

「只剩一個——也是職場霸凌的。」

都只剩一個當然就是看完啊……我一瞄到諮商紀錄姓名欄上的名字，我的精神就都回來了。這個個案與民違仁差不多同一個時期來到我的諮商小屋，但是他不只固定回診，每次都會回報自己如何克服最近的霸凌。聽到他的分享我都會覺得很療癒。

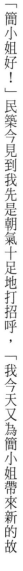

「叫民築今進來吧！」

這個個案也是「民國」，湊巧也是因為中性外表時常被前輩嘲笑。兩個幾乎一模一樣的遭遇——

「簡小姐好！」民築今見到我先是朝氣十足地打招呼，「我今天又為簡小姐帶來新的故事了。」

他一落座就跟我分享一個如何耍小心機，特意讓第六殿殿主——卞城王親眼目睹上欺下現場的故事。雖然他被噴了一身墨汁，犧牲了一套制服，但收穫的成果絕對遠大於一身衣服。

上次推薦他看宮廷劇果然是正確的選擇。

「卞城很生氣嗎？」

「殿主十分生氣。」他彷彿心有餘悸地抖了一下，「我第一次見到殿主生氣的模樣。我原本以為殿主生氣起來是都不講話，單用氣勢和凶狠的視線瞪到你認錯的那種。簡小姐應該也很清楚，我們家殿主很悶騷也很沉默，審訊鬼魂的時候都是旁邊的判官在講話。我到現在都沒搞懂錢判官是怎麼理解殿主的每個微表情和視線。」

卞城是十殿殿主當中話最少的那位，「惜字如金」四個字根本是為他發明的。我最一開始甚至以為卞城是啞巴，無法說話。但來往久了，總還是會聽到他說幾句話……但也不超過十句。

「所以卞城生氣到底長什麼樣子啊？」我忍不住好奇道。

「一樣沒有說話，」民築今接下去說之前還回頭望了一眼大門，彷彿擔心殿主會突然出現，「但他就把潑我墨水的那群前輩拖去角落暴打了一頓，再把那群前輩倒掛在第六殿門口的橫梁上曬乾。」

我感受到宋昱軒的眼神飄到我身上，視線就像是說：「這一定是跟妳學的。」

拜託，卞城都幾百歲了！我只認識卞城十幾年，怎麼可能是我教壞的！

「看到他們悽慘的樣子，我都對他們有點抱歉。」

「為什麼需要對他們抱歉？這是他們活該好不好？他們如果會怕，從一開始就不會欺負你了。」

「……是也沒錯。」他摸著下巴認真思索著，「我都不明白這些霸凌者的心裡在想什麼。欺負人有那麼好玩嗎？真的可以滿足他們的自卑感嗎？真的可以從中享受優越感嗎？霸凌者都不會擔心自己在旁人眼中的形象被扣分嗎……」

我挑起一邊眉毛，有點訝異地注視正在思考的冥官。冥官總算想起還有旁人在，這才停下他的喃喃自語，

「對不起，想得太入神了。」

「你讀過一些關於霸凌者心態的書。」我這句話不是問句。

「對……」他不好意思的承認，「在來找簡小姐之前，我有偷跑去人界翻一些資料。當時是抱著『知己知彼，百戰百勝』的想法去了解，但是嘗試了幾個方法都沒有效果。所以我還是來找簡小姐了。」

「呵，書本跟現實狀況還是有差吧？」

他點點頭，有點遲疑地說，「……也不知道這些心理諮商師寫的書是不是真的有用。」

「一定有用的，都能變成一個專業，還要考照才能當正式的心理諮商師了，鐵定有它的可取之處。」

再說一次，我是無牌無照，只是很愛跟冥官講幹話，瘋了殘了自行負責。

「那可能是剛好不適合我吧？大多數心理相關的書籍都教我不要理會……而且我也怕直接上報殿主會不會對我造成其他後果……」

我不屑地說，「不會有任何人類的心理諮商師告訴你要學宮廷劇耍心機報復好不好？人類有法律的限制，還有收入來源的困擾，更不用說人類社會的構造十分複雜。反抗霸凌說不定還會造成旁人觀感不佳、嫌你太玻璃心一點玩笑都開不起。相對的在冥府，殿主的話語權最大，整體偏向實力至上主義，你們的性格也大多比較溫和。雖然你我都不知道成為冥官的條件，但或許個性溫和就是其中一個條件吧？」

偶爾看不下去會失控揍人的黑白無常分類屬於冥神，另當別論。

「應該不是殿主們，而是簡小姐的話語權最大吧？」

「說什麼鬼話，我只是冥府的心理諮商師，哪來的話語權？」我輕輕靠在椅背，淡淡地笑道。

「簡小姐謙虛了，但我的確有發現簡小姐會在儘量不勞煩殿主的情況下解決我們的煩惱。單就這點，簡小姐就值得我的尊敬。」

這還是頭一次，有冥官在我的諮商小屋用腦子思考別人的思維模式，也是第一次有冥官坦蕩蕩地表達他尊敬我，是因為我明明有殿主可以撒嬌，卻儘量不去拜託他們。

民築今講完後，我並沒有說「謝謝」還是什麼的，而是斜眼看向身後的宋昱軒。

「你最近應該蠻忙的吧？」

宋昱軒馬上就懂得我心裡在打什麼鬼主意，深深嘆了口氣，「我很想說不會，但是事實就是我的確蠻忙的。」

「那你應該不介意吧？」

「妳想做什麼就做，我沒有意見。」

民築今看不懂我們兩個之間的啞謎。但沒關係，默契是可以培養的。

「我很喜歡你。」我坦然地說，「你來當我的助理吧！」

「我？」民築今一副受寵若驚的樣子，難以置信地瞪大雙眼，「我只是民國，而且——」

「不願意嗎？」

「我……我想試試看。」他結巴了一下，然後正襟危坐，身分從被諮商對象瞬間轉換成職缺面試者，「但我想先了解一下工作內容和薪水福利。」

不隨便答應要求，謹慎冷靜面對突發狀況，智商固定在線，單憑這幾點我就覺得眼前這個冥官可以拐來當我的助理。

我一擺手指示道，「昱軒，再上一壺茶。你也拿一張椅子坐下。」

昱軒幾乎是在我話語落下時就在桌子擺好茶壺和三個茶杯。真希望民築今日後也能像昱軒這般手腳俐落，總是能夠在我吩咐之前就把事情完成。但我也知道這有困難。合作的這五年下來，昱軒老早把我的心思和處事風格給摸透了。如果再有一個冥官如昱軒般懂我，我反而會感到害怕。

肚子裡的蛔蟲一條就好，不能再多了。

蛔蟲也就坐之後我才開口，

「那我們先談談工作內容……」

「我會跟昱軒前輩好好學習的。」民築今起身後深深一鞠躬，「那麼我先告辭了。」

雖然民築今在開始談工作內容之後表情就稍微嚴肅一些，不過我還是看得見他對助理這份工作的期待。尤其聽到能在宋昱軒底下學習一陣子後，他的眼眸中迅速閃過錯愕、驚喜、嚮往的光芒。

昱軒在冥官們之間評價真的很好，凡是後輩望著他的眼神都是滿滿的景仰。在我這邊當一個小小的助理實在太可惜了。

民築今離開了之後，小屋只剩下我和昱軒兩人。昱軒如往常地將門反鎖之後，便開始把今天的諮商紀錄歸檔到小屋後方的資料櫃。

「我這邊整理好了，妳等等是要直接回去人界呢？還是有要去殿主那邊串門子？」他問道，我背後拉開抽屜的聲音沒有停下。

我用眼角餘光看著他，「把你的諮商紀錄拿過來。」

昱軒的動作僵了一下，最後還是認命地遞上自己的諮商紀錄。他的諮商紀錄不多，大概每次來找我諮商後會固定回診個一兩次，然後結案。遇到新的問題之後就再跟我約新的諮商。與其說是諮商，不如說他都在問我如何更有創意的虐待受刑魂，讓他們得到應有的折磨。

我翻到最新的諮商紀錄，他最後的諮商還停留在問我如何虐待被虐狂的那天。

「你也很久沒有回來找我了。」雖然是坐在我的右手邊，但他全程低頭不語，連看我都不願意看。

「最近很忙齁？你最後一次回去做行刑人的工作是什麼時候？」

……

「你都不會覺得不甘心嗎？身為冥官當中武力高強的行刑人，結果竟然被安排在我的身邊當小助理，還要兼當我的保鑣。你都不會覺得保護殿主的妹妹找一個行刑人太浪費人才了嗎？明明民國的祐青祐寧也可以做得很好。」

……

「保護我的難度會很高嗎？」

昱軒的雙唇總算動了，但說出的話跟我預想的完全不一樣，「妳就繼續問到妳滿意為止。我沒有預約今天的諮商，我有沉默的權利。」

我不滿地鼓起腮幫子，「我都不能關心我的助理嗎？」

「妳可以關心啊，但我可以選擇不回答。」

「你知道如果我從你的嘴巴得不到答案，我就會去問別人了嗎？」

「妳也是可以去問問看。」他這次倒是回得很爽快，大有挑戰的意思在。但有鑑於他們都有辦法對我隱瞞開戰的事情了，其他小事統一口徑不說應該也有機會。

我明明只是想關心一下昱軒的工作狀況！

「以前你都不會這樣的……」我還沒擠出兩滴眼淚，昱軒就直接打斷，「別演了，妳的演技和招數我很清楚，對我沒有用。」

的確啦，長時間跟在我旁邊看我諮商，更是最常在我身邊打轉的冥官，對我的花招一定會有抗性。套話大概也不管用，端看從一開始他就儘量減少自己說話的次數就知道了，為了避免被我套話或抓到關鍵字，那就索性一個字也不透露給我。

所以就是要發揮創意的部分了吧？我左右環視了整個諮商小屋，開始找些靈感。但我覺得如果我真的執行腦中的創意，比如說解開釦子犧牲色相去誘惑宋昱軒，把他嚇得什麼都招了，對我們日後的合作關係一定會有影響。

不行，絕對不行！這個助理很好，我還想要繼續維持現在的關係。

「妳是不是又在想什麼亂七八糟的東西了？」他見我許久沒講話，忽然開口道，「不要再想用什麼方法讓我開口了。死人是沉默的，我們冥官不想講的時候怎麼逼我們都是沒用的。」

「這句話從你口中說出很有說服力，但別的冥官好像就不是這樣了。你應該還記得喝醉酒的殿主們發起酒瘋來，就連自己的內褲是什麼顏色都能互相爆料吧？」

「……總會有例外的。」宋昱軒牽強地改口道。

「那我們要來喝酒嗎？」我認真地提議道，但招式實在太明顯了，我的助理直接翻了我一個超級大白眼，「妳偶爾就會用冥酒把冥官的嘴巴灌鬆一點，但那也是要在我們願意喝的前提啊！」

「就提議一下？說不定你會想跟我單獨喝酒，像個老朋友一樣喝幾口酒聊聊天？」

「我不是笨蛋，我很清楚冥酒對妳沒有用。最後醉倒然後被妳套話的一定是我。」

我忍不住拌嘴起來，「你就讓我關心一下我的助理嘛！我的助理的心理健康也很重要，我總要評估我的助理會不會過勞死吧？」

「那是因為現在正好是戰爭時期，我的業務稍微多了一點——不用開口問我的業務有什麼，我是不會說的。」我只是張嘴連聲音都還沒發出，昱軒就完美地封殺了我的問題，「妳到底是有多想了解我？我就只是一個很忙的助理——」

雖然知道是無心之語，但就是這份無心更加擊中了我的心房。

我幾無痕跡任性地說，「既然你不想說，那我就不逼你了！你被我操死的時候可不要來找我算帳，是你自己不分享你其他的工作內容的！」

「……前面十分鐘不就都是妳在逼我說話嗎……」

「閉嘴啦！」我對著他的臉嘖了一句，就跟我們平時的相處一模一樣，「我想回去睡覺了，帶我回去。」

「是的，『簡小姐』。」他微帶調侃的語氣說。在一片灰霧中，我的靈魂又回到了我的租屋處。他溫柔地把我的靈魂放回我的軀殼裡面，然後再解開縛靈繩，簡單跟我核對下次需要他的諮商行程後，又踏著一明一滅的燈光離開。

這五年來都是這樣。

……

…………

唉。

民達仁

初步診斷：職場霸凌受害者。

處置評估：個案拒絕介入。可由殿主那邊統一把霸凌者都打一頓，但個案不夠勇敢的話遲早又會再被欺負。

民築今

初步診斷：職場霸凌受害者。

處置評估：反擊霸凌者效果良好，續觀。

備註：有足夠自我思考的能力與正當的價值觀，收為助理二號。

「佳芬，不是我要說……但妳今年會不會太衰了呢？」

「妳以為成為槍擊目標是我願意的嗎？」我眼神死地望著許久不見的領路人好友，「如果可以選擇的話，腦袋開花不是我想要的死亡方式。」

「這個教訓告訴妳，以後不要亂挑釁內境人士，懂了嗎？」雅棠舒服地坐在我家沙發上，好奇地四處張望，「我還真的是第一次來妳家呢！」

「妳還敢說！我邀請妳來我家諮商已經好幾次了，妳都用各種奇怪的理由爽約！我還願意開門放妳進來妳都要覺得感激了好嗎！」我毫不客氣地回嘴，她也不甘示弱地說，「我的工作業務本來就需要守在遊魂服務中心，沒來過妳家很正常吧！」

「一點都不正常好嗎？妳明明可以把遊魂服務中心交給江霖啊！妳的副官是掛名用的嗎？」提到江霖的時候，雅棠的臉直接垮了下來，看來命中今天的主題了。

「妳今天是為了江霖來找我嗎？」講到這裡，雅棠的情緒低落了許多。

「我跟江霖吵架了。」

吵架？先說明，下屬跟上司吵架是很正常的。畢竟同事之間難免會有一些摩擦。殿主與他們的判官多少也吵架過，就算直接打起來也不意外，後面煽風點火的說不定還是我本人。

但是，江霖跟雅棠吵架？這就讓人難以置信了。江霖是一個很負責任、很有能力的冥官，同時也是奴性很重的副官。只要是一個值得讓他打從心底尊敬的上司，他就會跪下來追隨一輩子。就好像現在，雅棠叫江霖趴在地上吠個兩聲，江霖二話不說絕對照做。

可是，雅棠是個很愛護下屬的上司，說過度保護下屬都不為過。能不讓下屬涉險就絕對不會讓下屬涉險，寧願把自己操到死（她也不會再死一次就是了）也不願讓下屬累到。

於是乎，超想為上司服務的下屬ＶＳ超不想讓下屬做事的上司，矛盾大對決開始！

這就是遊魂服務中心忘生門市的每日寫照。

所以這兩位到底為什麼吵架了呢？

「江霖他說與其在我身邊無所事事，不如上戰場看能不能為我爭點面子回來。」還沒等我繼續問下去，雅棠就自己發起牢騷，「去戰場上為我爭那沒用的面子有什麼用啊！我只想要所有的下屬好好的存在啊！戰場上魔法不長眼，不小心被打中了怎麼辦！戰場上到處都是可以消滅我們的術式和法器。我可不想要每天提心吊膽的過日子盼著江霖回來啊！」

大概就是一個獨居的婦人每天坐在門口，遠眺城門口盼著發派邊疆的丈夫歸來的畫面吧？

我反射性說出最暴力的解法：「那就讓江霖做事啊！妳的業務分點給他，他忙起來就不會吵著去戰場了。」

「我就有分東西給他做了啊！」我瞪了她一眼，她才有點心虛地說：「比如說文書作業、收支報告——」

我直接打斷雅棠，「那遊魂的部分呢？」

「我、我也是有分一些遊魂給他引渡的……」

「幾隻？危險程度呢？困難程度呢？」

「……」領路人垂下了眼皮，雙手開始緊張地玩起領巾。

「雅棠……」

「我知道……但我真的很害怕再有下屬因為我而受傷……我不想再經歷一次了……」

這起頭還真有既視感！明朝的廷深上次在我家說出生前故事引發陰氣暴漲，進而害得我昏睡一天一夜，那如果是晉朝的雅棠呢？

基於我已經沒有假期可以放了，再加上最近排班根本調不動，我連忙抓起手邊的掃把隨時準備把雅棠敲醒。

意外的，雅棠這一番話並沒有激起任何陰氣旋風，連微風都沒有。

我馬上反應過來，「那是……妳成為冥官之後的事嗎？」

她點點頭，嘴巴開合了好幾次，似乎對於是否要跟我說還拿不定主意。

「上一次……是上一次大戰嗎？」

「妳知道？誰跟妳說的？」雅棠訝異地看著我，「魏蒼藍大人嗎？」

「誰告訴我很重要嗎？」我回道，然後把話題聚焦在雅棠的過去，「倒是可以跟我分享上一次大戰發生了什麼事嗎？」

「上一次……」我原本預期雅棠會講一個很長的故事，怎料她只簡短說，「上一次，不就是我帶領全殿武官作為援兵殺去前線，結果全軍覆沒只留下我一個人嗎？」

她的語氣透著恐懼。簡短不過多描述的句子，象徵著她還在逃避。我沒有逼迫雅棠繼續說下去，因為她雙手緊握著衣角，全身都在顫抖，雙眼已然泛起鮮紅色的淚光。

我輕輕握住她的手，這個動作使她的顫抖緩和了一些，但也僅僅緩和了一些。

說實話，這個諮商走向是我始料未及的。雅棠今天主動來我家參觀我就已經很意外了，更何況是現在快哭出來的模樣？

我才剛開口要說些安撫的話，雅棠便用她帶著血淚的雙眼望著我，「妳也要跟我說『戰爭是殘酷的』、『這不是妳的錯』之類的話嗎？」

我原本真的想對她這麼說……她的反應不禁讓我猜測有多少人跟她說過類似的話。在她的角度而言，這些話根本無法讓她得到慰藉吧？畢竟，把下屬的消散怪罪於戰爭也是逃避的行為。

「我覺得妳應該要告訴江霖。」

「告訴他什麼？告訴他我曾經害得一整支百人部隊消散得不明不白嗎？」

「沒錯。」我篤定地說。

「告訴他了然後呢？」

「就再看看他有什麼反應。」這回我並沒有說出心裡預測的好幾種結果，而是讓雅棠自己去設想。

「如果他知道了之後討厭我呢？嫌棄我是個沒有用的上司，如果他害怕在我手下做事也只會落得消散的下場呢？如果——」

「雅棠，」我打斷她負面的話語，「這些都是『如果』，都是妳的猜測。妳沒有告訴江

霖妳這麼保護他的理由，他永遠不會理解妳的。」

她沉默了一會，心中似乎還在掙扎。良久，她才又提出疑問，「為什麼妳會要我講出來呢？這不是一件光榮的事……」

「有些人會說揭開傷疤只會讓人再度痛苦。但妳知道嗎？醫療上面對癒合不佳的傷口時，只有把所有腐爛的組織挖掉後才會痊癒。」

只是這些癒合不良的傷口要完全痊癒需要漫長的治療，而且一定會留疤，心理創傷也一樣。

傷疤不可能撫平至完全消失，我們只是跟傷口用更好、更輕鬆的方式共存而已。

但要能共存，就要先面對。

「當妳把痛苦的回憶再度攤開，妳才有辦法去面對它、處理它。它或許是一道高牆，但妳畏懼它的話，就只能活在它的陰影之下。只有面對它、跨越它妳才能看見高牆另一邊的景色。」我在這邊頓了一下，又接著說，「牆壁另一邊有什麼我不知道，但至少妳脫離它的陰影了，不是嗎？」

客廳又陷入寧靜。雅棠的臉垂得很低，我難以透過她的表情判斷她是否接受了我的建議。

「我下次再來。」突然，雅棠站起身。她說完便掉頭快步離開我家。連聲道別都沒講。

說了「下次再來」……是代表這個諮商會有「下次」吧？雖然不知道她會不會真的照

我不就是相信你嗎？
相信你不會傷害我。
所以相信我好嗎？

我在冥府當心理諮商師

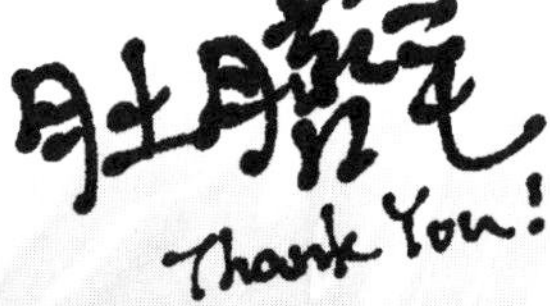

辦，但至少是願意接受諮商的意思吧？

至少，雅棠有了想要面對內心陰影的念頭，也跨出了第一步。

在認識雅棠十年之後，我總算能夠正式地為她撰寫一份諮商紀錄了。

晉雅棠

主訴：過度保護下屬的長官。

處置：勸個案透過敘述內心陰影強迫自己面對，說完個案就走出去了，難以評估成效。

備註：下次可找個案的副官與個案一同諮商。

續觀。

我寫完諮商紀錄才剛放下筆，手機邊響起了訊息的提示聲。前陣子探聽的東西總算到手了。

尹重汶：記憶修正的魔法有許多種，但不管是封印、回溯、抽取、置換、損傷，人腦總會找到辦法去適應這些法術，進而產生抗性。要經歷幾次的記憶修正魔法才會產生抗性就因人而異了。目標透過暗示可以想起來的是記憶封印魔法，雖然目標有想起來的可能，但這是最不會產生抗性的記憶修正。其他種類的記憶修正都能永久去除記憶，不過容易產生抗性。

最一開始的徵象就是施法目標發現自己有明顯的記憶斷層。

果然如此。

嘖嘖，所以我到底被那群人修正過幾次記憶呢？

【第十六章】

認清／放棄／妥協

一般大眾認知的急診大概就是很緊急、病人病況很爛無時無刻都在急救。

以上都是事實。但大眾時常忘記我們急診還有一大部分是在處理輕症的病人。比如說拉肚子三天、頭痛兩個禮拜、被螞蟻咬到啦……

我個人比較不喜歡上輕症區，因為很無聊，而且又很煩。急救區的病人通常都嘴巴被塞了一根管子不會講話，或者已經重病到完全不能講話，但是輕症區的病人全部能說話，還會因為抽血報告太晚出來就開始嫌棄你們醫院速度為什麼這麼慢，因為人手不足沒人能夠帶他們去照X光而質疑我們醫院為什麼不多請一些人，更有那種因為咳嗽看了兩間急診後，來到我們醫院看到最後的處方與前面的急診類似，就對著我們咆哮：「你們醫院很爛都不會看病耶——」

以上都是真實案件、親身經歷。

理由很多，總之就是我很不喜歡上輕症區的班。但很可惜的，上哪區都是用輪的，遇到了我也只能認命上完。

我正在查看醫師又交代了什麼醫令的時候，一個熟悉的名字馬上吸引了我的注意力。幾乎是同時，身邊的同事也都驚呼了出來，

「這是育玟學妹吧？不是同名同姓吧？」

「註記上有寫是員工，應該是育玟沒錯……我來看看檢傷寫什麼——靠，車禍還意識不

清——」

……然後一群學姊忙完手上的事務後紛紛跑去外科區看育玟。輕症區幾乎只剩下我和小魚。

小魚望著我，「妳不過去關心一下學妹嗎？」

我才要問妳吧？平時妳不是很八卦嗎？怎麼這次這麼乖還待在輕症區這邊換藥？

「我再過去，輕症區這邊就鬧空城了。等等學姊們自然會跟我說狀況。」

很快的，學姊們就被我們部長趕回來上班。從學姊們的討論中可以得知育玟學妹是上班路上出了車禍，左轉的時候被汽車撞飛出去。所幸她的安全帽夠貴也夠堅固，雖然當下失去意識了幾分鐘，但很快就回魂了。

我偷偷瞄向站在急救區的黑白無常，只使了個眼色，他們很快就對我猛烈搖頭。

他們不是來帶走育玟學妹的。太好了，只希望育玟學妹不要傷得太嚴重……

「育玟那個笨蛋，趕著上班也要看路啊，為了上班把命給丟了很不值得啊！」急救區的學姊互相討論著。

「對啊，前幾年汪盈就是這樣走的——」

「噓！小魚在那邊——」兩位學姊尷尬地瞄了小魚的方向，或許發現小魚真的靠得很近，這個話題很快就斷了。

我幾不可見地看了小魚一眼，小魚打開換藥盒的動作彷彿被按下了靜止鍵僵住，前一分鐘開朗說笑的表情也不見了。

或許是想排解自己的情緒吧？小魚淡淡地看了我一眼，手上也恢復了動作，開始敘述起了「汪盈」的故事，「汪盈是我的大學同學。我們一起畢業、一起來古綜合上班、一起讀書考過了專科護理師國考，然後一起在這裡當專科護理師。她是一個很好的朋友兼室友——」

「有一天她代替食物中毒的我上班。我那天還開玩笑說下次她拉肚子換我代替她上班還債。」

她敘述的語氣平板得令人難以置信，「她那天一樣有到醫院，但是是被救護車送進來的。機車對大卡車，命不夠大，沒活下來。在車禍現場就沒了，送進來我們急診急救了一輪還是沒回來。」

講完這段往事的同時，小魚已經把換藥要用的物品準備妥當，沒對我多說什麼便推著換藥車到病人旁邊。

照慣例地，她還是有跟跟病人打招呼，但明顯少了平時的朝氣。

看到育玟學妹出車禍這件事，一定觸動到她塵封在心中已久的回憶。

「小魚跟妳說了汪盈的事情吧？」

「學長！」周任祺學長突然從我背後出現著實嚇到我了，「你不要突然出現在人家背後好不好！」

「抱歉抱歉，只是剛剛我也在後面偷聽小魚講了什麼。」周任祺一樣是那抹不大正經的笑，轉而望著小魚換藥的身影時臉上又浮現一絲憐憫，「汪盈走了之後我才進來的。因為要挑合作夥伴所以小魚有在面試現場。據說她向高層大力支持要錄取我……大概因為那次投單的人當中只有我一個男生，她跟我一起上班比較不會想起過世的姊妹吧？」

我們科的兩個專科護理師都有點瘋瘋癲癲的，認真上班之餘不是講幹話就是各種八卦，時不時就開個團購揪個出遊，所以上班氣氛一直都很歡樂。兩個專科護理師忽然在同一天都這麼感傷，還真讓我覺得很不自在。

「但我覺得她很勇敢，她還有勇氣繼續面對汪盈學姊待過的急診室。」我忍不住說道，而任祺學長也認同地點頭，「的確，小魚她真的很勇敢。」

基於我實在不知道怎麼接話，連忙說了句「我去發藥」然後就離開周任祺學長的身邊。

雖然兩位專科護理師都跑去各忙各的，但我腦海裡還是不自主地想著小魚……

不知道在汪盈學姊過世之後，小魚是用什麼樣的心態在急診室上班。是思念嗎？還是致敬，抑或是一種強迫自己贖罪的方式？

不管是哪種心態，小魚都是我心中很棒很敬業的一個學姊。

深吸一口氣，我收拾心情繼續面對永遠沒完沒了的病人。好幾包藥物擺在我眼前，我幾

乎是以反射動作核對藥物和醫令，再拉開床簾確認病人身分……工作幾年下來，給藥的流程已經近乎反射了。一連串下來自然會覺得有點無聊，腦袋裡就會想一些亂七八糟的東西。比如說這個發燒咳嗽一天就跑來急診的病人叫「戴悠甯」……我還要稍微查一下字典才知道那個「甯」字怎麼唸，稍微看了一眼病人的年齡，果然是名年輕女性，還跟我同年。大概自己改名過吧，這名字怎麼看都不像我這個世代會被取的名字。

雖然我好像沒什麼資格說話，畢竟我就常被笑自己的名字更像大二十年的阿姨會有的名字。

「戴悠甯，我來幫妳打抗生素——」我拉開床簾看到病床上的病人，身體瞬間僵硬完全無法動彈。病人看見我的臉的時候也嚇到了。

「佳芬？」

「佳芬，我們四個要當永遠的好朋友喔！」

戴悠甯，戴明秀。

把我丟在原地等死的三個混帳之一。

她的聲音與她的臉就像一個開關，把我強硬鎖在腦海深處的記憶釋放，而這份記憶就像洪水一般把我淹沒，我很快就覺得吸不到空氣，周圍的聲音都好像被隔絕在牆壁之後，取而代之的是「那天」的畫面。

「佳芬，妳說妳看得到鬼吧？那麼妳知道那間廢棄小學嗎？在眷村菜市場尾端的那個——不要去？就是說真的有鬼了囉！佳芬妳不要這樣，拍個影片而已，妳陪我們去嘛……」

「不行，那邊真的太危險了。晚上踏進去一下子就會被撕成碎片，那是真的會死的！」

「啥……這麼恐怖喔……」

「幸珍，妳白天去拍就可以了啦！白天應該比較不可怕吧……」

我以為她們已經打消這個念頭，當晚卻直接收到戴明秀的簡訊……

「佳芬，我們先進去儷江了喔！」

「那群笨蛋！」我拋下數學作業奪門而出，離開家門前只簡單跟佳歡喊了一聲：「我去一趟儷江小學，一下子回來！」

「姊姊妳不是說過晚上離儷江越遠越好——」

雖然趕著去救人，但我沒有忘記與殿主哥哥們的約定，所以我還是繞了點路留了張字條在城隍爺的供桌上。

我原本的計畫是在儷江小學門口阻止她們進去送死，但當抵達儷江小學門口之時，生鏽的校門已經被撬開，裡頭紅光竄動的頻率也比以前路過的頻繁。

然後我聽見了她們的尖叫聲。顧不得要與殿主哥哥們會合的約定，我走進了鬼影竄動的廢

棄小學校舍。

這便是我人生中做出的最愚蠢的決定。

「找到妳們了！」我在一間教室的大型置物櫃裡找到了她們三人。

「佳芬……」她們三人早就被校舍裡各種靈異現象嚇得魂不守舍，攝影機老早不知道落在哪裡，三人為了拍攝化的淡妝也都哭花了。

「妳們慢慢出來，不要發出聲音，也不要喊別人的全名，然後不要往後看……」我細聲地說，一邊無視著在我們身邊圍繞的紅色鬼影，盡我所能不與這些怨魂對上視線，一邊引導找死的三位友人到教室門口處。

結果在離開的時候，她們其中一人踢到了地上的鋁罐，發出了清脆響亮的聲音。

不好。

彷彿骨牌效應一般，周圍的窗框紛紛發出「喀喀喀」的聲音，然後是桌子，就連老早斷電不知道幾百年的電燈都閃爍著微微的紅光。

「那是什麼東西？」

「妳們快走，我們已經吸引怨魂的注意了！」我大聲發號施令，被嚇得不輕的三人馬上越過帶頭的我，奪門而出——

——然後把教室的門關上。我清楚地聽見門閂被扣上的聲音。

「咿啊──」

「等等，不要關門！明秀開門啊！幸珍、盈馨！放我出去！放我出去──」

戴明秀的聲音在門外說道：「盈馨，佳芬還在裡面！」

「自己活命比較重要！快走！」說這話的不是陳盈馨，而是余幸珍。

然後外面就沒了活人的聲音，而我身後有整間教室的怨魂對我虎視眈眈，彷彿我是一頓肥美的牛肉……

我陷入恍惚，不住倒退了一步、兩步，然後拔腿就跑。

中間好像有人在叫我的名字，但我聽不見，也假裝沒聽見。

我躲進廁所把門反鎖。我的呼吸依然紊亂，心跳的聲音震耳欲聾猶如充斥著整個狹窄的空間。我緊抓著洗手台邊緣，力道大到指尖已然發白。

想別的東西！想別的東西！不要再讓這個記憶繼續下去了！拜託不要──很可惜的，此時我的想法依然不受控地播放著回憶的走馬燈。明明我還在急診室，但我眼前卻閃過的都是那天的記憶。

紅色的手，很多隻紅色的手填滿我的視線。除了手，還有他們腐爛程度不一的、貪婪的嘴

臉——

「閻羅哥哥！必安哥哥！無救哥——」

那個時候我沒有任何冥官的真名，慌亂之下只喊得出閻羅王和黑白無常的名字，但他們都能夠抵抗喚名。我也只記得喊完他們的名字後，脖子被紅色的爪子緊緊抓住、收緊——

「城……隍……救我……」

然後我陷入了昏迷，恢復意識的時候，我已經在急診室了——

以魂魄的狀態。

「——佳芬加油！妳不可以放棄啊——」

我的腦海響起當時我被醫護們輪流壓胸的聲音，規律的一上一下……

嚓、嚓、嚓、嚓……

……腦裡壓胸的聲音漸漸與外頭急救區的壓胸機的聲音同步。

「檢查心律——沒有心律，繼續壓胸！」

「檢查心律——沒有心律，繼續壓胸！」

然後回憶來到了我全身被插滿管子，在加護病房靠機器維生的日子。

「學姊，妹妹好容易流血……」一位護理師手握著整管鮮紅色的抽痰管說。不僅僅是抽痰那根細長的管子，就連我嘴巴那根輸送氧氣的氣管內管都染著新舊混雜的血跡。

早已見過大風大浪的資深護理師只是淡淡地說：「沒辦法，上葉克膜就得用抗凝血劑，會流血很正常。妳先不要再抽痰了，我問問主治醫師有什麼辦法。」

然後是我爸媽在我病床邊的嘴臉……

「當然要救！經歷過生死關頭，說不定佳芬就會懂事許多，不再幻想鬼的存在，我們的女兒就能正常了！」

「妳想活嗎？」

這四個字就像冷水一般澆在我頭上。紊亂的呼吸總算平順了一點，視野裡看到的總算不是插滿管子靠機器維生的自己，而是鏡子中穿著急診室制服的我。

這個「我」沒有死，也沒有像一顆白菜躺在床上，眼睛倒是哭得有點腫。

呵呵。我現在成什麼樣子？頭髮亂成這樣，還笑得這麼猙獰，再配上流滿臉的眼淚和鼻涕，這根本瘋子吧？我望著鏡子中狼狽的自己，忍不住自嘲道。

我閉起眼睛，用力的深呼吸後，開始整理自己的儀容，一邊對自己精神喊話：振作一點，輕症區今天只有妳上班，整理乾淨了趕快出去。但「那一床」我應該無法面對，等等還是拜託

別區的學姊幫我一下好了。

嚓、嚓、嚓、嚓……

聆聽著外頭壓胸的聲音，我瞬間冷靜了許多。

這不就是我一直想要待在急重症的原因嗎？

他們死了，而我還活著。

沒錯，我沒死，我依然活著。

嚓、嚓、嚓、嚓、嚓……

我抬頭挺胸地打開了門。

因為剛才我的行為太過古怪，在一旁目睹我衝進廁所的黑白無常很快就叫來了宋昱軒來關心我。

雖然高中發生「那件事」的時候我還不認識昱軒，但殿主們一定有把我這段經歷告訴他。因為我眼角瞄到宋昱軒和黑白無常不著痕跡地溜進戴悠甯的床簾之後，然後三人出來的時候臉都很臭。顯然三人都知道「戴悠甯」是何方神聖。

昱軒很清楚知道戴明秀對我的傷害有多大，所以他很自動地向我提出他假扮我男友並把我強行帶走回家休息的提議，但直接被我拒絕了。今天已經倒了一個育玟學妹了，我如果再裝病昏倒就真的沒人上班了。

雖然我拒絕了昱軒的好意，但昱軒依舊不放心，自動自發躲進頭頂天花板就近觀察我的狀況，以防萬一。

黑白無常綁完新死的靈魂臨走時，還特別繞到我身邊，一個輕拍我的肩膀安慰道，另外一個寵溺地摸我的頭，希望能用微小的動作為我打氣。長年在往生室待命的祐青祐寧兩姊妹貌似也被昱軒叫上來急診，靜靜地待在一旁。端看她們偶爾細聲交談一兩句的模樣，應該是不知道究竟發生了什麼，只接到了換個地方站崗的命令。

至少死人都很有默契地決定放我一馬。而活人就沒有那麼識相了。

周遭的同事都對我投以關心的目光，只是最先向我奔來的依然是我的直屬學妹。

「學姊，妳還好嗎？我看妳剛剛臉色很差地跑了進去——」

「我沒事，只是剛剛突然肚子痛衝去廁所。早餐店的奶茶可能不大乾淨。」

彥霓臉上寫滿了「我不相信」，或許我現在的表情看起來很脆弱，她並沒有追問下去，而是詢問我輕症區是否需要幫忙。

我心懷感激地望著彥霓，一邊感謝老天送我一個這麼體貼的學妹。我把戴明秀交給她後，便又一頭栽回處理不完的醫令海裡。

於是乎，我把所有的注意力都放在了工作上。總算熬到下班雙腳踏出急診室後，我才真正的放下緊繃的身軀。望著外頭被夕陽染紅的天空，我眼中竟然泛起一陣濕潤。

為什麼……都過了這麼多年，為什麼我還無法放下。為什麼我在看到「她」的當下還是跑了？應該逃跑的是她們才對吧？是她們親手把我反鎖在那間小學教室裡面——

「昱軒。」我視線離不開黃昏的餘暉，因為說不定現在的我看到長久給我依靠的冥官們後，我就會像個小孩一樣哭出來，然後身邊的人就會把我當成莫名的情緒崩潰，接著就會在醫院傳出奇怪的傳聞，被歸類在「奇怪的人」當中。

這份工作、這種環境……不，只要是還想在這社會上「正常」的活著，連掉眼淚都需要挑時間和地點。

我安靜了好幾秒，昱軒也沒有催促，而是等我調適好呼吸和情緒。

「……我想見黑無常。」

「地點是妳家嗎？」

「不要去我家……我們約城隍廟。」

「好。」他往後踏進陰影之後氣息就消失了。雖然昱軒沒特別說明時間，但以他對我的了解，他會很完美的約一個我散步回家吃個晚餐再散步去城隍廟都來得及的一個時間。

但他計算得再完美，都不會算到「意外」的部分。

「學姊，」這不是彥霓的聲音，我回頭時發現叫住我的竟然是向亞繪。她接著說道，

「我跟妳一起走回家好不好？」

這突然的邀約讓我有點警戒，質疑立刻脫口而出，「是蒼藍叫妳護送我回家的嗎？」

「護送……？不是，那是『別人』的工作。」她講這句話的時候眼神游移了一下，「我只是覺得學姊剛剛看起來很不舒服，有個人跟妳一起走回家會比較好。」

我順著她眼睛飄移的方向找，意外找到了一抹紅色的影子。不免懷舊了一下……

我真的好久沒有看到怨魂了喔！

我隨口問了一句，「需要我找『別人』來幫妳處理嗎？」結果換來的是學妹奇怪與害怕兼具的眼神和近乎官腔的回答，「謝謝學姊的好意，但沒關係，不用麻煩他們。」

明明聽起來就很緊張……想來亞繪也是蒼藍的表姊，面對怨魂該有的自保能力應該都有，只是經驗不足吧？我看她肩膀緊繃地走在我身側，努力地克制自己不要回頭看跟在後頭的怨魂。她僵硬的走路方式害我忍不住提點了一句，「妳應該知道回頭看不要緊，不要跟他對上視線就好了吧？」

「我知道，」她小聲地說，聲音超抖，「我還在學習。」

但會跟在我們後面，就代表已經對上視線，引起怨魂的注意了吧？我用眼角餘光偷掃了一眼，紅色的傢伙一直跟我們保持固定的距離，目前看起來沒有立即的危險性，但如果天空全黑之後就難說了。不過……

「他是從哪裡冒出來的？」

「醫院……」

「醫院？」不是有祐青祐寧姊妹嗎？為什麼醫院會出現怨魂？托她們兩姊妹的福我們已經超級無敵久沒有在醫院看到紅光或綠光了。隨著戰爭逐漸拉長，且我也知情的情況下，殿主們下的保護越來越多了。甚至會有冥府術士——曉蕾妹妹自動出現在我家門口說要幫我加強結界、禁制、暗示、驅離之類的情況。前幾次我還會問來意，後面根本直接把人放進來，順便打開星之海魔法少女的影片給她看。

真的不是我推坑她的，是她來我家後主動要求我打開電視給她看，結果好死不死電視在播的剛好是星之海魔法少女。秦朝蘿莉只看一眼就愛上了，我能有什麼辦法？

所以最近我家會有一個秦朝蘿莉蹲在電視前看星之海魔法少女唱歌跳舞，還會模仿變身動作和口號。而且曉蕾妹妹再怎麼說也是秦朝冥府術士，但凡服裝和變身特效都化形得維妙維肖，出神入化到我有一次起床看到堆滿星星小花和彩虹的客廳時以為自己還在做夢。我甚至覺得最近她來我家加強保護只是藉口，想看星之海魔法少女才是真的。

……為什麼我身邊魔法師職類的朋友都對星之海魔法少女如此痴狂呢？星之海魔法少女停播的時候絕對會是世界末日，因為蒼藍和曉蕾會聯手把沒有那三個動漫角色的世界燒成灰燼。

離題了，趕快拉回來。總之，在判斷我家絕對是最安全的地方之後，我決定改變目的地讓黑無常多等我十五分鐘，先陪亞繪回家倒是真的，不然我好像也不能放她不管——她從一開始也沒打算放開我的袖子就是了。

……雖然說我不介意讓同事知道這兩個禮拜的見習醫師跟我住在同一個屋簷下，但是貼得那麼緊只怕會招來異樣的眼光。

請自行想像身高一六五的女生把頭埋在一個身高僅僅一五零的女生胸口前的畫面。向亞繪能在這樣姿勢骨折、角度扭曲的情況下走路不被絆倒，這點我實在佩服。

但現在叫她正常走路好像有點困難，尤其她還有越貼越緊的趨勢。

「不怕冥官，卻怕怨魂嗎？」我忍不住問了一句。

「我……怕鬼……血肉模糊的更怕。」

我啞口無言地看著她，因為我不知道從哪裡吐槽起！第一，冥官也是鬼，妳不怕冥官卻怕鬼，這點不是很矛盾嗎？第二，妳跟蒼藍一樣是道士出身竟然會怕鬼這點就更矛盾了。再來，妳是醫學生耶，妳怕血肉模糊的東西的話大體解剖和外科的實習怎麼辦啊！

我偷偷看了一眼後方的怨魂，的確是隻有點血肉模糊的鬼，滿身七橫八豎都是撕裂傷，應該是刀傷，而且是被左撇子砍的。看起來應該是尋仇，而且一開始就想讓他死，因為下手之狠到我都能看到骨頭了——

會知道得那麼詳細是因為前些日子，正好有一個背上被砍了十幾刀的病人被送來我們急診，老闆看到的時候順口分析了刀傷走向和意圖。老闆解析完傷勢還會順便惋惜當年體檢沒過，不然現在就是在鑑識科而不是急診科醫師了。

我把這個推理過程告訴亞繪，但這只讓她抖得更厲害。不管我怎麼安撫要她不用害怕，她一刻都不願意從我胸口中抬起頭，彷彿我的胸口是銅牆鐵壁可以隔絕怨魂……

「妳老家是很『乾淨』嗎？」我忍不住問道。要知道我自己也是從小就有陰陽眼，但凡是血肉模糊、腐爛程度不一、或者器官在身體外面亂甩的鬼魂都看過不少，畢竟鬼可不是你說不想看到就不會看到的東西。他們就像蟑螂，明知你討厭他們，但他們就是會挑個吉時從你眼前爬過去。見她沒回答，我又補問一句，「平常妳都沒看過『好兄弟』嗎？」

由於亞繪的頭埋在我的胸口，所以聲音很奇妙地從我胸前發出，「雖、雖然已經三代沒有進入內境，但是老家和村子的守護都還在……」

「所以妳直到大學才看過鬼？」

她搖頭，「高中……我高中就住校了。」

也是滿晚了……看看之前廖書涵妹妹的狀況，亞繪到底花了多少時間才適應眼裡有另外一個世界呢？

「那妳是什麼時候才知道內境呢？」

「……大學。」

大學？那中間三年發生了什麼事？或許是感受到我驚疑的眼神，向亞繪自己先招了，「直到我祖父母在我十八歲那年告訴我向家的淵源，我才知道自己是真的有陰陽眼。十八歲以前我根本不知道內境的存在，也不知道自己看到的是真的鬼……我一直以為自己瘋了。」

又是位辛苦的同胞……我忍不住為她人生最辛苦的三年默哀，但又壓不住自己的好奇心問道，「那麼……高中那三年妳都是怎麼度過的？」

「我一直讀書，一直盯著課本才能忽略圖書館或者宿舍的鬼影……」

因為怕鬼所以一直讀書，然後就讀到考進醫學系了。這樣到底算好事還是壞事啊？我真的覺得向亞繪現在說的所有話語都讓我有翻白眼的衝動。

難得有機會可以跟亞繪聊上幾句，我把握機會發問，看能不能順便多了解她一點，「知道自己是道士家族後代之後，有比較能接受嗎？」

「怎麼接受得了……我知道那些紅紅綠綠的東西是真的鬼之後只會更怕啊……而且我根本沒有任何可以驅趕他們的符咒……我是道士後代不代表我是道士啊！」

「現在是道士了還是會怕？」說來，向亞繪可是蒼藍認證的天賦異稟呢！我腦海裡想像的是一個帥氣女道士左手握黃符右手握桃木劍、隨手召喚天雷把妖怪劈成碎片……

只見向亞繪沉默了十秒鐘，才小聲地回答，「恐懼不是那麼好克服的……」

聽到這個回答我只差沒有綜藝摔倒在路邊。都已經有消滅恐懼的方法到底害怕什麼啦！不想滅掉也可以開結界隔絕啊！

——看來那個帥氣女道士只會存在我的想像中了。

雖然我知道世界上有幽閉恐懼症、人群恐懼症等等，但一個道士有鬼魂恐懼症真的是……

「這也是蒼藍想讓妳來找我諮商的事情嗎？」大概就是了吧？這個恐懼十分需要諮商，但又因落在超自然範圍沒辦法找一般的心理諮商師，蒼藍無奈之下只能找我這種無牌無照的。

「……差不多。」

我們的話題也在此處中斷，主要因為她是人類，而我不諮商人類，就算是蒼藍介紹來的我也不會打破自己的原則，所以就不繼續談下去。

回頭偷瞄了一眼永遠在身後保持三米遠的怨魂，再看向自己的胸前——我是說窩在我胸前的有鬼魂恐懼症的醫學生兼道士，我忽然發覺——

……我和亞繪徹底被蒼藍陰了。

踏進公寓社區範圍之後，怨魂就被社區的結界杜絕在社區大門之外。亞繪則是直到電梯門關上之後才甘願放開我的袖子。我們雙雙進入家門後，亞繪馬上恢復那種過度禮貌的樣子，畢恭畢敬地對我九十度鞠躬，「剛剛的模樣讓學姊見笑了，還請學姊體諒。」

「沒事沒事，怕鬼很正常。總是需要時間克服的。」我也官腔地回應。望著向亞繪走向

房間的背影，我忽然叫住她，

「亞繪，」我有點遲疑地說，「妳知道蒼藍會用飲料杯裝怨魂吧？」

「我知道。」向亞繪一臉疑惑地問道，「為什麼學姊忽然提到這件事呢？」

「剛剛的怨魂傷口上有卡珍珠。」

向亞繪接下來的表情可謂瞬息萬變，從呆愣到難以置信瞪大眼睛再轉變成惱怒只在短短三秒之間。又因向亞繪顧慮到有我還在現場，所以滿嘴的髒話只能往肚子裡吞。

這回亞繪關房門的聲音也特別大聲，我甚至能聽到她在門後暴怒問候蒼藍的祖先，一句比一句還難聽。

其實聽上去還蠻療癒的，尤其自己也算受害者之一。

稍晚，我寫完明天要交給阿長的報告後，精神虛脫地倒在椅子上，而這個方向剛好能夠看見亞繪的房門。亞繪老早就罵夠冷靜下來，她的房間現在十分安靜一點聲音都沒有，跟平常一樣。

我抄起手機，對面的肥宅高中生道士很快就接電話了。

「蒼藍，我知道你想丟隻怨魂訓練亞繪的膽子之外順便轉移我的注意力，你的好意我心領了，但是這樣對亞繪不會有任何幫助的。再說，你知道兩個人像連體嬰一樣走在路上很蠢

嗎——」

「喂？佳芬姊，妳可能要等我一下，我現在不方便說電話——媽，我都跟妳說了我真的沒有女朋友——男朋友妳也不介意？這真的不是重點，重點是妳到底從哪裡聽來我有女朋友的？到底是誰——我不是害羞！我是真的真的沒有女朋友——」

我滿頭問號地一邊聽蒼藍極力跟他媽媽解釋依然是母胎單身的狀態，一邊疑惑蒼藍的媽媽到底從哪裡得到這個消息……

向亞繪的門突然打開了一條小縫。

……

這個室友的報復方式也太可愛。

「對不起，我來晚了。」

「沒關係，我現在覺得好多了。」被亞繪和蒼藍這對表姊弟逗過後，下午因為巧遇戴明秀而引發的創傷後壓力症候群已經舒緩了許多。其實現在黑無常不用來陪我也沒關係，我也有請昱軒代為捎話，但黑無常說他想順便見我，我就只好把諮商的餐桌準備好等著他來了。

我放他進門之後一樣便坐回我平常諮商的位子，黑無常瞟了一眼說，「我們交換個位子如何？」

我稍嫌不滿地咬住下唇，不甘情願地讓出心理諮商師的椅子，自己則落座在每次個案坐的方位。果然，黑無常劈頭就說，「佳芬，都已經八年了……」

「時間無法沖淡一切，有些痛就是會記一輩子，記到我死為止，休想叫我忘記，也休想叫我原諒她們。」

我回嘴的同時也順便把黑無常會想勸我的話也全說完了，明白我的個性的黑無常只是輕輕嘆了一口氣，「妳再這樣下去，遲早必安會去幫妳討公道的。」

「他要去討去打我都不管，反正你們現在傷人禁令解除了——對了，你們既然已經撤銷傷人禁令了，就趁機放衡業一個長假吧！看他是想要環遊世界還是去找人學個樂器或者找出能夠跟他換班的同伴都可以。」

「……現在是我在諮商妳。」

「但我不需要諮商，除非你想聊別的話題，不然就在我把你掃地出門之前自己離開我家。」

兩人之間陷入沉默，只有深夜高樓風的呼嘯聲在餐廳迴繞。

這次換我嘆氣了，「以後不要在對方好不容易冷靜之後，還故意戳對方的傷疤，這只會造成進一步的傷害。」雖然說黑無常的實際年齡比我大上了許多，論諮商或照顧他人情緒還是我比較厲害。

「對不起，但我們真的很擔心妳。」

「我知道……我也沒想過自己的反應會那麼大。」

我自己心中預設過許多次，再與她們三人相遇時會有什麼反應，會沉得住氣假裝什麼事也沒發生過嗎？還是終於鼓起勇氣跟她們再次對峙，抑或是去了解她們當時把那道門反鎖的原因，還有在事發之後決定散播不實謠言使得全體學生集體霸凌我的原因。

結果，我逃跑了。我以為歷經了八年，我已經不是當年的女孩，不再只是冥府十殿殿主的乾妹妹。我現在是急診護理師，是冥府的心理諮商師，我掌握了足夠可以自保的知識和手段，但我還是沒有勇氣去面對八年前深深烙印在我心中的傷。

「不，我們更擔心的是後面。」

「後面什麼？」黑無常提到「後面」的時候我還特地回頭看了一眼，但我後面沒有任何東西……不是啊！也不可能有什麼鬼在我身後吧？我前面坐著堂堂黑無常耶！

「佳芬，我們知道妳打小就不相信人類，出意外之後更是嚴重。但是，妳終究是在人類的圈子生活，妳終究得學習重新相信人類。如果我們真的消散了，妳才能在人類之中繼續活下去。」

聽完，我的眼神變得銳利，連珠炮般的問，「為什麼你忽然這麼說？你們之前從來沒有勸我去相信人類，是什麼事情改變了？是戰爭嗎？誰消散了？是我認識的嗎？是哥哥們嗎？」

「……而每次，殿主都是人類首要消滅的目標，無一倖免。」

我的耳邊響起周迎旭消散前對我說的話，目光定在黑無常身上，只希望他說出否定的答案。

「不是殿主，」他說完後我立刻鬆了一口氣，至少不是哥哥們……不過他的話還沒說完，「但是是妳的個案。」

「誰？」我問。過了半響，黑無常才說，「拔舌地獄的行刑人，宋孜澄。」

孜澄……那個被受刑魂的言語所影響的行刑人。他在諮商之後心請調適得很好，我都快結案了……

為什麼又是奪走快要擺脫心魔的個案呢？讓他們能夠無憂無慮地行走於世界上不好嗎！

我心中的吶喊無處宣洩，也不能把負面情緒轉嫁到黑無常上。但如果真的想要尋找一個發洩的對象，並祈求讓冥官死後不再有悲劇，那應該就是冥官所服務的「世界規則」了。

幹他媽的世界規則。

「除了他以外呢？現在死傷多少？」

「三人消散，與孜澄一樣都是拔舌地獄行刑人。他們三人一起被咒語擊中。」

可惡……內境這下士氣一定提高許多，對冥府的戰情會不會不利？如果要重挫內境的軍心，是不是應該勸殿主們別再嘗試減少死傷，而是多砸幾個大招製造人間煉獄……

「佳芬，」黑無常眉頭深鎖地看著我，「妳在想什麼？」

「我在想要怎樣消滅內境的那群混帳。」

「佳芬！」

「怎麼？難道不能報復嗎？」

「但殿主們的原則還是死傷越少越好，我們禁令解除，能夠傷人不代表喜歡傷人！」

「我知道、我知道，我這不就只是『想』嗎？我又不可能去執行。」

黑無常訓話般的口吻說，「但妳會去煽動殿主。殿主們疼妳歸疼妳，不過妳還是要謹記他們撤銷禁令只是為了戰爭，我們還是希望能與無腦的怨魂作出區分。」

「要煽動我早煽動了，怎麼可能會告訴你呢？」雖然平常都在那裡白眼殿主們性格太溫柔，但我還是很珍惜他們極力守住人性的堅持。

因為已經不是人了，所以更想當人。因為已經成為鬼魂，所以更不想與鬼魂混為一談。

這種想法不管看幾次都令人讚嘆。與那些為了名利拋棄人性的人相對比之下，又顯得更加諷刺了。

不管是人還是冥官，都是神奇的存在。

聽我分享見解的黑無常抱胸頻頻點頭認同地說，「這倒也沒錯。怎麼說呢……因為失去才懂得珍惜吧？」

「是吧，我說得沒錯吧？」說完，我毫不避諱地伸了個大懶腰，「反正我不會去煽動十位哥哥們的啦！我現在還沒有興趣引發世界大戰，而且我明天還要上班，接下來你就自便啦，我先去睡覺——」

「等一下，」黑無常叫住已經轉身離開的我，「我沒讓妳離開。」

「唔……無救哥哥……人家想睡覺了……」

「跟我撒嬌沒用。」

「……拜託？」

黑無常緊咬下唇，近乎臣服於撒嬌攻勢之下，但他最後還是心一橫，「我該說的還是得說完，被妳帶離題了不代表我忘記這次來找妳的目的。」

「你是說相信人類嗎？」我瞬間收起小狗乞討的眼神和噁心到連我自己都想吐的可愛手勢，「我是要怎麼相信人類？電視上播報的永遠是參雜既定立場或利益的假新聞、長官的嘴巴一邊對員工說著光鮮亮麗的場面話一邊剝奪你的福利和權益、為了面子同事可以謊報自己的學歷、為了一百塊的門票為人父母可以在孩子面前謊報孩子的年齡。而我高中最要好的朋友因為害怕我說出是她們三人親手、親手把我反鎖在教室裡差點害死我，說服全校我是個為了吸引注意力而謊稱自己有陰陽眼的騙子！」

說到最後我已經有點哽咽，但我忍住了。我不允許今天再掉眼淚了。

「無救哥哥，你告訴我，我是要怎樣相信人類？」

黑無常——無救哥哥這時候已經怔住了，大概是一時找不到反駁我的話語吧？我用雙手撐住桌子，視線與無救哥哥平行，「那麼無救哥哥，你知道為什麼我會相信冥府嗎？」

「因為我是冥府的心理諮商師嗎？當然不是。」

「因為我是十殿殿主的乾妹妹。你們或許還是會騙我，但你們不會害我，因為我是那十位殿主的乾妹妹。」

「我只是比許多人更早看清現實而已。」

【第十七章】

信任／信念

「佳芬，我們來交班吧！」

「好的學姊。」

「你們放開我，為什麼要綁住我！我又沒做錯任何事情！快、點、放、開、我命令你們！救我，救救我！再不救我我就要詛咒你們去死——」

哇塞，白班才剛開始就出現這種很吵的病人了。

「撞到頭？」我望著那一床被五花大綁在床上，還能奮力掙扎到整個床都在晃的病人明知故問。頭部創傷的病人胡言亂語並不少見，急診時不時就會出現一兩個。大家習慣了耳朵都會自動屏蔽沒有意義的喊叫聲不去理會。

「昨天大夜送進來的，應該是酒駕吧？沒人目擊到事發經過，附近也沒有監視器，根據檳榔攤的老闆娘說，忽然聽見『砰！』一聲出去查看，結果發現有一個人躺在人行道，附近有一輛機車。」

「自撞吧？有喝酒嗎？」

「就是有，送來的時候渾身酒味，抽血報告出來酒精濃度超高。」

……那就是活該出車禍的部分了。酒駕出車禍只是剛好，不就幸好沒有撞到別人。那些酒駕的想死就自己死，不要害得別人家破人亡好嗎？

「——有鬼、有鬼要殺我啊啊啊！你們快放開我，這裡不安全！我要離開、我現在就要逃走、你們不是醫院要救人的嗎？我是不能被綁住的——」

唉，很可惜地，他不是可憐的同胞，站在他身邊的昱軒已經證實了這點，所以我就把他放著繼續鬼吼鬼叫了。

……放著歸放著，但那個酒駕的病人還是好吵，吵到我頭好痛。當「放開我」、「有鬼」、「我要死了」、「救我！」等類似的字句在旁邊排列組合並吼叫了五個小時後，精神不免有些耗竭。

於是乎，我趁著病人少的空檔躲到了更衣室，這才換得了耳根一絲清靜。

後方的一把聲音說，「我都說了我可以幫妳讓他安靜一下。」

我往亂提餿主意的冥官瞪了一眼，「不要用超自然力量造成科學人的困擾好嗎？他一安靜下來我們就又要推他去做一次腦部電腦斷層了，看他的腦部出血有沒有擴大。」

「只是提議而已啊，我又不知道你們『科學人』平常怎麼做事的。我那個年代這種人一律叫做『瘋子』，五花大綁嘴巴也一起塞起來就丟著不管了，當時可沒有『人道』這兩個字。」

「你也不想想你那個年代是幾百年前的事情，現在的世界不管在人權觀念還是科學也是有進步的。」想來如果是昱軒那個年代，說不定我老早就因為太瘋而被親生父母丟在路邊了，或者被逼著在十六歲的時候相親嫁給素未謀面的男人。雖然現代人口太多、建築物太多，但至少女性福祉是有保障的……至少在這個國家。

把櫃子關上，深吸一口氣做好充足的心理準備後，我才往門外走去繼續面對精神轟炸。

我看向跟在我屁股後頭的冥官，「你還要跟我去現場嗎？那個病人很吵耶！我巴不得把他趕快送走。」

「我……聽習慣了？」他指了指身上的行刑人制服，「冥府受刑魂的嚎哭聲、求饒聲、慘叫聲都比這邊吵多了。隨便一個地獄都是成千上萬的受刑魂在鬼吼鬼叫，妳才一個就受不了。」說完，還不忘對我投以鄙視的眼神——

……鄙視個頭！我是一般人類耶！我對鬼哭神號的耐受度怎麼可能跟冥府行刑人相提並論啦？他們有辦法把慘叫聲當噪音但我無法啊！這樣說來，比較安靜的地獄大概就是拔舌地獄了吧，沒了舌頭應該連尖叫聲都發不出來……

這麼想來，難怪宋孜澄會來找我修補他的玻璃心。或許當初就是自己受不了地獄的「噪音」，所以才自己申請去了受刑魂不能哭號遍野的拔舌地獄，哪知道被言語中傷了一輪。

宋孜澄……

「你知道孜澄的事情嗎？」我問身後的黑衣行刑人。原本拌嘴的輕鬆氛圍凝重了起來。

「我知道。」昱軒撇過頭不敢看我……怕被我看穿應該更正確，「孜澄跟我是熟識，雖然他晚了我快一百年成為冥官，但我們是一起接受行刑人訓練的夥伴——」

「中間隔的一百年呢？」

「殿主原本派給我的職位是文官，我過後才請調成行刑人的。」昱軒突然會意了什麼，扭過頭看著我，「妳故意提起話題又轉移話題到底是什麼意思？」

「我只是想了解一下你對孜澄的熟識程度啊！但我又不想害你太難過，只好轉移話題了嘛！」

我原本以為宋昱軒還會在那邊炫耀自己跟在我身邊許久，這點小技倆對他不管用云云，怎料他突然嘆了一口氣，「不就只是回到我們本來的結局嗎？有什麼好難過的？」

本來的結局……？

「生命的終點……以我們的角度應該說靈魂的終點才對。本來，我們在死亡那刻就應該進入輪迴了，但冥官卻跳脫了世界規則，成為執行世界規則的一部分。」

「消散並不會讓你們進入輪迴。」

「但會讓我們從這個世界解脫。」

宋昱軒說出這句話的時候，眼底閃過了嚮往的光芒。我無從得知他為什麼會嚮往「解脫」，但他現在臉上所呈現的惆悵是我不能理解的。

這也大概是我少數見過，他不像武官的一面。

……但也只是一瞬間。

「妳該不會稍後要把我跟妳的這段對話寫進諮商紀錄吧？」

媽的，真是破壞氣氛。多讓我欣賞幾秒鐘你憂鬱小生的模樣不行嗎！有鑑於我實在太靠近更衣室的門口，且沒有任何可以揍冥官的道具，我只得送給宋昱軒兩根直挺挺的中指——

結果，更衣室的門忽然打開了。想當然耳，女更衣室的門不會自己打開，所以外面必然會站一個人。

而我的運氣又比較差，所以門外站的是兩個人——我家直屬彥霓和楊育玟。

「學姊？妳……在做什麼？」育玟學妹看不見站在我們之間的昱軒，一開門只會見著兩根中指對著自己，她不問這個問題大概就是內心篤定我是怪人了。往好處想，現在她還給我解釋的機會呢！

……可是，給我解釋的機會不代表我已經找好藉口啊。

「我……」

「學姊在發洩情緒吧，學姊之前曾經教過我，比中指是個很好的發洩手段呢。手勢是有點粗俗，私底下比就好。但有時候遇到白目和變態的時候用這個手勢再好不過了。」我的正妹直屬說完後，不忘用漂亮的杏眼真誠地看著我，「對不對，學姊？」

「……我當時在直屬聚亂講了一堆沒營養的幹話為什麼能被妳記到現在……」

還不能否認我沒講過這種脫線的發言，尤其育玟學妹的目光明顯在搖擺不定……在決定我是怪人還是正常人之間搖擺不定。

「這種話比那些只懂得叫我不理不睬應付變態的勸說動聽多了。妳知道嗎，學姊還曾經教過我看到露鳥的就狠狠踢下去——」

「等等，我叫妳踢下去的大前提是蒙面去踢！」

「嗯……我好像忘了後面這句話了。」

我徹底無言地望著天使臉孔魔鬼手段的直屬學妹……重點這還是我教的。

我就說活人不能找我諮商了，你看看彥霓在我的薰陶下是怎麼學壞的。重點是我還沒有諮商過彥霓，以上這些都是偶爾給的升學建議和直屬聚時脫口而出的垃圾話！

育玟學妹也一臉腦袋空白——震驚到空白的表情。我也在此決定寧願去面對樓下撞到頭鬼吼鬼叫的酒駕敗類，也不想在這邊讓彥霓爆料我更多大學的料，於是我迅速寒暄幾聲就閃回工作崗位了。

回到急診時，我立刻就瞄見亞繪在那亂吼亂叫的病人旁邊打轉。她與我對上眼的時候，我直接瞪了一眼，熱辣辣的視線中夾雜了幾個字——

——不要多事。

亞繪明顯接受到了信息，輕輕地對我點頭示意後又把注意力放回亂吼亂叫的病人身上。

「王義平，你知道你現在在哪裡嗎？」聽到這個標準問題，我馬上就知道亞繪是來幹嘛

的了……原來只是被老闆指示來練習做神經學檢查，跟她的另一個身分毫無任何關係。

對於向亞繪擁有的兩個身分我實在難以適應，記起她是醫學生的時候就會忘記她是天師，想著她是天師的時候又會忘記她也是貨真價實的醫學生一名。

我這個急診護理師兼冥府心理諮商師在心態上就已經調適得夠痛苦了，更何況一個醫師兼天師。三年後我一定要問蒼藍他表姊最後選了哪個專科，如果亞繪的腦袋有比我正常一點的話，應該會去影像科或病理科這種對自己心理健康比較好的科別。

胡思亂想的同時，向亞繪依舊繼續問下去，但病人完全沒有好好回答的意思。我也繼續低頭幫其他床量血壓，沒空一直把注意力放在菜鳥醫學生身上。不過他們的對話還是會傳進我的耳裡。

「妳可以放開我嗎？」

「不行。」向亞繪斬釘截鐵地答病人混亂的話語，隨後把話題轉回她需要的答案上，「王義平，一百減七等於多少？」這是測病人認知功能的標準問題之一。

「……」

向亞繪又喊得更大聲，「王義平！聽到嗎，一百減七等於多少？」

「九十三啦！」

「再減七呢？」

「……」

「王義平！大哥！再減七等於多——」

「八十三啦！煩死了！」

「向醫師！」周遭的人驚呼出聲，我扭頭一看，只見穿著醫師袍的向亞繪抱著臉蹲在地上，而名喚王義平的病人則一隻手掙脫了約束帶，在空中揮舞——

——還有不知從哪裡冒出來的，一雙通體如墨般漆黑的爪子，正緊緊地掐著病人的脖子……不，仔細一看，那爪子是從向亞繪的「腳底」冒出來的。我這才看懂病人已經脫困的手為什麼在空中亂舞——那根本是在掙扎！

機器赫然發出了警告聲，病人的血氧濃度在我眼前從九十九直直跌落到八十五。我連忙上前要拉住向亞繪，但才剛跨步就被昱軒一手攔下。

「不能過去，會被波及。」

我有你攔著，但我的同事沒有啊！一個學姊蹲下身關心亞繪的時候我心臟都嚇到跳漏了一拍。

「向醫師，妳還好嗎？」

向亞繪按著被病人打到的臉頰，「我沒事，真的沒事，病人是無心的……」她反覆說了好幾次，也不知道是說給學姊聽還是說給那雙爪子聽，但至少那雙爪子緩緩鬆開且慢慢縮回

去向亞繪的腳底。機器螢幕上的血氧濃度再度呈現漂亮的百分之百。短暫的血氧濃度下降根本沒人會想關心病人，整個急診室也只把它當血氧機沒夾好，沒有想過病人是真的差點死翹翹。

從頭到尾，整個急診室只有我和昱軒有看見，那一雙渾身散發嗜血與不祥氣息的爪子。

「她才剛學，但是很有天分。之後應該會往召喚師這塊發展。」

幹！這是哪門子的剛學啊！

我的臉色很難看，昱軒的臉色更難看。想必不只我，蒼藍連冥府那方都沒有多提亞繪的能力。心中多問候祖先的對象又多了一個蒼藍家的。

亞繪見我在看她，對我回以一個尷尬的傻笑，無邪到一個極致，彷彿方才的爪子跟她一點干係也沒有。

為了病人的安全與性命著想，我回去一定要洗腦她去走不用看到病人的專科。

「我都說對不起了……」

「你好歹也警告我不能欺負亞繪！」

「妳又不會欺負她……我也以為亞繪已經不會失控了啊！」

已經不會……不就代表以前會失控！靠，不就幸好我沒有看到最近有什麼無解的隨機傷人案！

……也有可能是蒼藍暗中處理掉了就是了。

對喊至此，我和蒼藍很有默契地望向話題的主角，而向亞繪一臉委屈又無辜地說，「我不知道我會被打……」

「對啊！佳芬姊，你們醫院才要檢討吧！為什麼亞繪會被病人打到？」

就約束帶被扯到鬆掉了……因為鬆掉很多次，所以最後一個綁約束帶的就是我本人，怎料還是鬆掉了，而且傷到了見習醫師，也因此我被阿長抓去促膝長談了。

唉……我是有跟向亞繪道歉了，但要蒼藍承認他的表姊會被打是我的緣故……那臉皮真的拉不下……

「嗯？佳芬姊？是誰讓亞繪受傷的啊？」

媽的，這咄咄逼人欠揍到爆的嘴臉，他擺明就知道！

最後我還是「誠意十足」地向傷者家屬道歉……在被逼問第五次之後。由於傷者家屬本人心滿意足地看著我道歉的樣子太過欠打，所以傷者家屬就被我揍了。

傷者家屬抱著頭繞著客廳邊躲邊喊，「幹嘛啦！小心我叫亞繪放爪子咬妳喔！」

「靠夭，你真想傷我，我早就死了好嗎？你自己就一堆手段可以把我重傷到死。」我說完還不忘多補一拳。向亞繪則從頭到尾沒有插手，徹底旁觀一個急診護理師和一個肥宅高中生在小客廳玩你追我跑的遊戲。

因為是事實，蒼藍也沒有多加否認（因為否認會被我多揍好幾拳）。他認命地用白光治療自己頭殼的腫包之餘一邊說，「好了啦，別玩了，來講正事。」

「什麼正事？」我隨口反問道。蒼藍先是對自家表姊打了個眼色，向亞繪收到後立刻懂事地說「我去幫大家買晚餐。」就消失在我們視線中了。

需要支開亞繪……所以是跟冥府相關的事情嗎？

「元奕容提到了一些怪事，我順便跟妳討論一下。」

「奕容……為什麼你們兩個會湊到一塊？」如果是這句話是昱軒來跟我說不會太奇怪，因為昱軒會負責我的諮商預約，預約的時候順勢寒暄幾句還算正常，民築今現在偶爾也會分擔一些業務，他突然跟我提起奕容也不會太奇怪。

但蒼藍……蒼藍與元奕容要怎樣才會有交集呢？

「妳上次不是叫我收他的兒子當徒弟嗎？」

啊，不就是我自己把他們湊一塊的嗎，我都快忘記了！

「你還真收了喔！」我驚喜地說，「如何如何？他兒子可愛嗎？」

「可不可愛根本不是重點……重點是內境失落的血脈竟然被冥官收養到，我才覺得頭大，不收都不行。」後半句基本上都是蒼藍自個兒碎念，他看我很認真在聽馬上回到正題，

「總之，奕容跟我提到了一件怪事，我很在意。殿主們不願意對我透露太多，所以想問問佳芬姊的想法。」

「打電話問我就好了啊，什麼事情一定要當面問呢？」

「我又沒預期到今天會被叫來揍！」

「好啦好啦，是說奕容還好嗎？」我最後看到元奕容的時候是在深山裡頭，他身穿內境的公版制服接應逃出地牢的我和彥霓。之後雖然有跟昱軒問起元奕容的後續，但一律用一句「沒事，他過得很好」搪塞掉了。

「姑且還行。基於他是我徒弟的父親，也算是我罩的了，但我不能出手太多——」

「是因為冥官都不喜歡你嗎？」

「拜託，也不想想我是誰？一個元朝的冥官有我的保護，就應該抱著我的大腿痛哭流涕了。」

「所以你是誰？」

「……」敏銳的他當然沒有一頭栽進我的陷阱，反而有些厭惡的砸嘴，「佳芬姊，妳以前都不會問這種問題，更何況是套話。」

「誰叫你剛要逼我一邊跳舞一邊跟你道歉。」幹，現在想到還是覺得不爽。而且還不是那種網路現下流行的迷因舞，而是星之海魔法少女的舞蹈。不會跳沒關係，因為提出要求的肥宅會一個舞步一個舞步把你教到會。一個「誠懇十足」的道歉就耗費了我半個小時。

基於被發現了，我也不繼續套話了，畢竟我對蒼藍的背景和身分完全沒有任何興趣。雖說我隱隱猜得出他與黎家的關係，但就算他是內境沒落一族的「前」家族成員，還是跟我沒有任何干係，該狠狠往他腦袋招呼的拳頭我還是會全力揮下去。

「所以奕容那邊到底發生了什麼怪事？賣關子也賣夠了吧！」

「還不是妳一直岔開話題！」蒼藍回嘴道，隨即臉色凝重地說出令我意料之外的話。

「近期內境傳出風聲，有失控的冥官在濫殺人類。」

失控的冥官？濫殺人類？我原本以為奕容只是想要對我說聲謝謝或跟我問好，怎麼忽然變成那麼嚴肅的話題？

可是……現在是戰爭時期，傷人禁令早已解除，戰爭期間有人類死傷不是必然的嗎？眼前的肥宅高中生聽了我的想法後，馬上否定地搖頭，

「冥府是跟內境打仗，而不是跟人界，這還是有點差別的。」

「所以被殺死的是一般人類？」蒼藍點頭印證了我的猜測，但是……

「為什麼會想要找我給意見呢？我只是冥府的心理諮商師，要叫我斜槓當靈異偵探我可不幹。」

「還不是因為嫌犯是冥官，奕容的立場是想調查清楚，又不想打草驚蛇。總的來說就是

我們兩個是可以信任的吧？」

我和蒼藍應該算人類吧？奕容卻認為我跟蒼藍比冥官更值得信任？雖然覺得哪邊怪怪的，但不得不說我的心底一陣狂喜。當了冥府諮商師那麼多年，就連閻羅那個混帳都質疑過我對冥府的忠誠，如今總算獲得元奕容的承認。

「妳在笑什麼？有冥官在濫殺人類耶，有人在我們不知道的地方死掉耶！」

「每一天每一時每一刻都有人在我們不知道的地方死掉，不管是冥官造成與否。」或許是突如其來的冷酷話語給予的衝擊過重，肥宅高中生愣住了，在他還來得及說話反駁——又或者繞開話題前，我先行開口了，「倒是你，為什麼會特別關心冥官殺人這件事呢？」

一般而言，這種比較黑暗的事情蒼藍甚至不會想讓我知道，更何況是來找我問意見。套句他的老話：這不是我應該涉足的世界。再說了，蒼藍這麼強，多次遭遇內境都全身而退還能跟我在這裡翹腳閒聊，又有直闖內境總部不被發現的能力，有什麼事情是他查不到，且會走投無路到要跟我這名渺小的人類討論呢？

有什麼事情會讓他如此在意呢？

空氣就此凝結，我能感受到周遭的氣流改變——說是蒼藍身上的氣場有了微妙的變化應該比較正確。

俗到爆炸的粗框眼鏡之下看著我的是與年齡不符的凌厲雙眼，「妳知道了？殿主們告訴

妳的嗎？」

「死人是不會告密的，這點你可以對他們有十足的信任。我充其量只是有點猜測而已。」

「嘖，」他不滿地砸舌，「那妳猜到了哪裡？」

我沒有直接回答，而是打開冰箱，從裡頭取出裝有冥酒的塑膠瓶和一個玻璃杯子放在蒼藍面前。

如果眼前的道士原本只是不滿的話，現在說是露骨的厭惡都不為過。

「佳芬姊，妳知道太多了。這對妳很危險。」

「不是你自己問我的嗎？我只是老實告訴你而已。」

「既然妳都『有點猜測』了，那妳願意幫我找出殺人的冥官嗎？」

「我只是一般人類，怎麼可能知道哪個冥官殺——」

「那請問『簡小姐』，」道士換了一個稱呼，「這幾年的諮商對象哪一個有殺人傾向呢？」

「你太小看我了吧？」我坐在桌子上，居高臨下看著即將被我逼到死角的道士，「我雖然無牌無照，但我有最基本的職業操守。我不會透露任何個案的諮商內容，而我的諮商紀錄一向寫得很簡短，你想偷看別人的隱私就去，但你是不會找到任何信息的。」

他用戴有角膜變色片的眼睛自眼角看著我，「就算能夠拯救人命，妳也不會說嗎？」

「我不會說，也不可能說。難道你希望我把你的諮商內容、你的事情告訴別人嗎？」

被我反擊這一下，道士啞口無言，良久才說出一句，

「佳芬姊，我覺得我還是以『魏蒼藍』這個名字跟妳相處就好。」

「正好，我也有同感。」我的笑容特別濃烈，但很快就收起，象徵我們的啞謎就此打住。我輕輕往蒼藍肩膀輕拍，用媽媽哄小孩的口吻說，「好啦，時間也晚了，小孩子趕快回去睡覺喔！」

「幹你媽的，這種時候就會把我當小孩……」蒼藍邊罵邊翻白眼，然後往玄關處走去。

我叫住那壯碩的背影，

「蒼藍。」

「幹嘛？我們應該沒什麼好說的了——」

「喔沒有啦，只是想提醒你，」我原本親切的語氣瞬間轉為冰冷，「我已經知道你無法再修正我的記憶了，以後休想找別的方法洗腦我。剛剛那段對話就當作你屢次修正我記憶的報復。」

他先是一愣，消化完我的話之後才說，「剛剛那就算報復了嗎？佳芬姊果然對我很好，這已經是不追究等級了吧？」蒼藍臉上的笑容意外的輕鬆，輕鬆到可以再加上一個手指敬禮，「今後也請多多指教啦！」

蒼藍關上大門，用正常人的方式離開我家。我望著門板，心裡思索的跟蒼藍也是同一件事：

「他」也是對我挺好的，竟然放過了我。

接下來，我該怎麼幫奕容和蒼藍找出那位失控的冥官呢？

雖然我與蒼藍的對話用一種沒有結論的方式結束，但並不表示我不會幫他。而且我也對

「冥府殺人」一事很感興趣——

是哪一位冥官？我曾經接觸過嗎？如果被抓到交到我手上諮商是否能夠拯救他呢？冥官殺人這件事究竟是真是假呢？

好奇的事情太多，問題更是能無限延伸下去。蒼藍的一句話讓我腦袋星爆得完全睡不著，躺在床上滿腦子都是假設性問題與預設情況。

能給我解答的人不多，冥府和蒼藍都不願多講的情況下，我能夠尋求的幫助就只剩下一種：內境人士。在我跟尹重汶約了見面的時間與地點後，我也總算能安穩入睡了。

……依然睡不飽就是了。但人都約出來了，我也只能頂著疲憊的身軀來到維塔莉絲私立中學附近。這次約的就不是一般的咖啡廳了，而是一間年代悠久的租書店。我經過這間租書店許多次，每次都在好奇為什麼它還沒關門大吉。現在的人透過網路無時無刻都能接收龐大

的資訊，速食時代使得實體書產業越來越沒落，網路上盜版的又多，連一般書局都收得差不多了，更何況是租書店？

說不定很少人光顧也成了蒼藍同意指定的見面地點就是了。而且我偶爾也會光顧這間租書店，如果被內境目擊到我與尹重汶同時光顧這間租書店，並不會引起過多的懷疑。

說我老派也行，但我就喜歡翻紙本書的感覺，又不喜歡家裡太多東西，綜合條件下來租書店最合我意了。再者，附近圖書館的漫畫書和長篇文學一直都擺得不齊全，擺書的方式比一般民營租書店還爛，只會降低看書的欲望。

我一進租書店便熟門熟路地往二樓摸去，二樓擺的是輕小說，也是附近圖書館根本不會納入館藏的書系。等待尹重汶出現的時候我隨手挑了一本小說，便直接在書櫃前翻閱起來。

也幾乎是同時，頭頂的白光閃爍之後變成昏暗的黃光。我什麼話也沒說，在照明不足的環境下吃力地閱讀紙張上的小字，沒拿書的手往日光燈指了兩下，外加緊握的拳頭。

昏暗的黃光閃爍了兩下，又變回原本的白光。

對嘛！我難得進來看書，不要亂玩燈打擾我看書的興致好嗎！某人彷彿知道我腦裡在想什麼，遠程操控下日光燈忽然發出七彩光芒，紅藍黃紫綠白全跑了一輪。

……幼稚的傢伙。

忽然，如夜店迪斯可球的彩光戛然而止，周遭陷入一片黑暗後，再次出現的是昏黃的燈

光。與此同時，樓梯口傳來腳步聲。

來了。

我闔上書本，從容地走出書櫃之間，剛好面對我的尹重汶敬畏地對我點頭，「佳芬小姐。」

「放輕鬆點，我只是想問點事情。」

「我還是第一次進來租書店呢！」神似的聲音在我身後響起，我回頭一看，是與尹重汶近乎相同的臉龐，唯一的差別是皮笑肉不笑的營業笑容。

幹，多放了一個人進來，你是不會多說一聲嗎！我心中忍不住咒罵，但蒼藍願意讓人接近就代表已經確認沒有危險性了吧？反正整個租書店二樓都在蒼藍的禁制掌握之中，他會保障我生命無憂，但是否會想惡作劇讓我身上多幾個擦傷就難說了。

我先是擺起姿態冷冷地說，「我說過只能你一個人帶情報過來。」

「是我哥自己跟蹤在我後面的，我完全不知情！」

「的確如此，所以妳就原諒我弟吧。」

我知道，因為尹重汶現在的效忠對象是冥府，據說簽了血誓還是什麼的，只要有背叛冥府的想法就會死全家之類的。所以——

「右手背。」

話語剛落，尹先生的右手背爆出一朵血花。突如其來的攻擊尹先生連閃躲的機會都沒有。

「啊啊啊——」

——所以我懲罰的對象是擅自跟來的尹先生。

「哥！」尹重汶衝上前扶住痛到差點跪下來的尹先生，右手一看赫然發現多了一個前後貫穿的洞。他不可置信地看著我，「妳——」

「誰叫他自己擅自跟過來。」

「對，沒錯，是我自己跟過來的。」最初的疼痛消退後，尹先生穩住身子站起，就算痛到爆炸臉上也強迫自己扯出一張笑臉，不過這下看起來像苦笑多一點，「但也沒必要攻擊我吧？」

「總要給你們一點警告吧？要知道，如果我剛剛想殺你你現在已經死了。」

「這倒也是。」他低頭端詳刺穿他右手的黑色尖刺，而尖刺一點也不想被研究，立刻化為一團黑霧飄散在空中。他不禁讚嘆道，「厲害，連冥府的術士都認識。冥府術士幾乎只存在於傳說中了。」

「我認識誰一點都不重要，我只想要情報。」蒼藍也不是冥府術士就是了，但蒼藍還想藏，被錯誤地假設身分當然是再好不過了。而我現在只想要與「冥官殺人」相關的情報，蒼藍也一樣。

「不想浪費時間是嗎？還是冥官竟然會胡亂殺人這件事情對妳很重要呢？」

「你是想要你的左手背也多一個洞嗎？」

「但妳先警告了我，所以妳沒有想讓我身上多一個洞的意思吧？」

「右小腿。」

這下是真的跌在地上了，究竟是痛到跌在地上抑或是肌肉損傷到沒有辦法站立而跌在地上呢……我沒有心思去深究。

這回尹先生沒有喊出聲，但已經難以維持那張笑嘻嘻的嘴臉，「……妳的想法還真難猜。」

我回以一個聳肩，然後轉向雙胞胎弟弟，「你想要先給我情報呢？還是讓你哥繼續用嘴巴惹怒我，活該身上多幾個洞呢？」

「我給妳情報。」他毫不遲疑地說，立刻從虛空之中抽出一個資料夾，資料夾打開之後赫然是一疊的白紙，還要再施以魔法才會顯現上頭的文字……

不能驚訝、不能訝異、繼續裝模作樣維持「冥府神秘關係人士」的形象……我在心中喃喃道，一邊翻開尹重汶遞給我的資料夾。上頭是死亡名單，共五人，都是一般人類非內境相關人士。如果不是有冥官動手的痕跡，這些案件根本不會入內境的眼裡。

我掃過一眼，被害人沒有什麼共通點，男女皆有，職業分別是大學生、高中老師、建築工人、上市公司高層和家庭主婦，年齡也從二十歲橫跨到六十三歲。死法倒是很統一，都是不明原因猝死。

「為什麼你們會認為都是冥官殺的呢？」

「因為跟當年黎家家主被殺害的現場一樣，有縛靈繩的殘片。」

「五個人都有嗎？」尹重汶點頭後，我又追問道，「是同一條縛靈繩嗎？」

「這就不得而知了。」

「有調查過周圍的人嗎？」

「調查是調查過了，但完全看不出冥官想殺他們的理由。」

不，不一定是冥官所為。內境犯了跟之前一樣的錯，單憑現場縛靈繩的殘片就一口咬定是冥官殺的。我也可以在剛死的病人身上灑上縛靈繩的碎片，那這樣內境是否也要把這條命賴在冥府頭上呢？我還想繼續問下去，但我可沒忘記蒼藍有交代我少問點問題，免得凸顯自己的無知後就挽不回高深莫測的形象了，反正事後蒼藍應該會幫忙解答。

我從資料頁中抬起頭，發現尹重汶一臉戰戰兢兢地看著我。我避過他的視線，調整好情緒和準備好要說的話，才開始接下來收尾的對話，「這份資料我就先留下了。有什麼想問的會再傳訊息給你。你可以離開了。」

其實今天這種問話有蒼藍在會更好，我充其量只是一隻充飽氣的青蛙，只消輕輕一戳就

會發現只有一張虛張聲勢的外皮。蒼藍才是擁有相對應知識的人，應該能夠看出更多的疑點，提問上也會更切入重點。可惜蒼藍不想露臉，寧願像這樣遠程操控和監聽，也不願意直接在尹氏雙胞胎面前現身。

尹重汶在得到口頭允許之後立刻就離開了二樓，一點都沒有久留的打算。臨走前，他擔憂地望向沒被我放走的哥哥。尹先生使了個眼色，尹重汶才走出我們的視線。

「換你了，請問你找我有什麼事？」

因為一隻腳廢掉的關係，尹先生靠在書櫃上，用另一隻沒被開洞的手從懷中取出一張紙條，「包括我在內的十人名單，我投靠冥府。」

這麼突然？我半信半疑地從他手中接過紙條，紙條上果然是十個人的名字，絕大部分都姓尹，只有兩個女性的名字和一個男性名字除外。

「所以……你的名字是尹重彬？」

「不是，那是我大兒子的名字。」

「那麼，尹重民？」

「也不是，重民是我的三兒子。」

……啊不是，所以你到底有幾個小孩！上頭那一串「尹重X」系列的就不要跟我說都是你的小孩！大概是被問習慣了，尹先生自動自發地為我解惑，「我有兩個老婆三對雙胞胎，共四個兒子兩個女兒。」

「那名單最後一個男生的名字是……？」

尹先生吞吞吐吐地回答，「一個……很重要的男性友人。」

我決定不過問他的私事。

我直接把紙條收進懷裡，然後把昱軒上次和尹重汶講過的話大概複述了一次，「我們會查證名單真偽，實際要看殿主怎麼操作——」

「還有不準把妳的事情說出去，我知道、我知道。」他捧著還在滴血的手一拐一拐地走向我旁邊的沙發。

「哼，」我冷笑一聲，「失血過多快昏過去了嗎？」

「妳自己是急診護理師，有覺得地上那灘血有像會昏過去的失血量嗎？」

當然不像，這也是為什麼我從頭到尾都沒有想關心他的傷勢的意思。

「你還有什麼話想說就快說。」

尹先生不可能沒事跑來找我。果然他又掛起營業用的笑容說，「佳芬小姐，我幫妳占卜一下如何？不收錢的。」

不需要，我可沒忘記他上次就幫我算了一個死劫出來，那次我還真的差點死掉，連孟婆湯都到嘴邊了。

「你自己都有我的生辰八字了，想幫我算什麼應該自己在家裡就算好了吧？」

「這倒是沒錯。」他從懷裡取出一張牌，牌的正面對著我。牌面很漂亮，看得出來是一個女人，剩下的就看不懂了。

「我不懂占卜。」這個我總能老實講了吧？我就不相信有任何一個冥官看得懂塔羅牌，他們會玩撲克牌就很不錯了。

「沒關係，我解釋給妳聽就好。」他故弄玄虛地說，「那天離開城隍廟之後，我試著占卜過我投靠冥府的話，我的命運為何。塔羅牌告訴我：我會擺脫舊有的束縛，迎接更美好的未來。」

我若有似無地回答，「聽起來很不錯。」

「而昨天，我決定要跟蹤我弟之前，我試著算出妳跟冥府的關係。」

算得出來才有鬼。占卜要準到什麼程度才能算得出我是冥府心理諮商師兼十殿殿主的乾妹妹呢？

「女祭司，象徵智慧和理解，富含神秘的一張牌。如果牌靈的指引正確，那麼妳高機率是冥府的軍師或智囊團。更有趣的是，一起伴隨的牌——」他把牌一翻，牌面現出了不一樣的圖案，「命運之輪，逆位。妳會遇到一些挑戰甚至是困境，而這是妳一手造成的。妳最近有給予冥府可能會造成他們不利的建議嗎？」

軍師或智囊團……不得不說已經很接近了，但我不可能去承認。所以我只能裝傻到底，

「我完全聽不懂你的意思。」

「也是。就算占卜正確妳也不可能承認，那麼這次的占卜就當作我們締結友好關係的小禮物吧。」說完，尹先生的腳下張開一道魔法陣，一陣強光之後人便消失了。

而他消失的地方落下了一張名片。這回的名片比上次只有一個字的名片好多了，這次有全名了呢！

尹重深。

……玩占卜的都喜歡裝神弄鬼嗎？我彎下腰收起名片時，白色的火光出現在我的身後。

「如何？妳覺得呢？」

「如果不是有著現場都有縛靈繩殘片的共通點，我都要以為是五起獨立的殺人案件，只是有個路人想栽贓給冥府而故意撒個縛靈繩的殘片了。」我將打開的資料夾回頭遞給蒼藍。

蒼藍伸手想要接過資料夾，我卻在最後一刻收回資料夾，以致他的手只抓到一把空氣。

「佳芬姊？」

「你又不需要這個東西。你知道的一定比這幾張紙，甚至比內境掌握的資訊還要多吧？」

如何得知呢？因為不管是內境還是蒼藍都明確指出是冥官殺的人，絲毫不考慮栽贓的可能性。內境的話我還能假設是他們對冥府成見過深，壞的都要丟到他們身上扛，但蒼藍就不

一樣了——

「確實，我檢查過那五具屍體，都有被縛靈繩綁過的痕跡，而縛靈繩只有冥官擁有，殘片應該是被害者掙扎時剝落的。我也招魂過，不成功，說明這五名被害者的靈魂都被藏起來了，連冥府都沒踏進去。」

意思就是蒼藍會同意我今天與尹重汶見面的唯一原因就只有：他希望我在看完案件資料後態度能夠放軟，說出諮商個案的隱私。

我堅定地說，「我不會告訴你我的個案的諮商內容。」

而眼前的道士也一樣堅持，「再不告訴我，我就只能去找昱軒了。」

「昱軒不會說的。他是我的助理，他很清楚我的原則。」

「他不說不代表我沒有別的方法讓他說。」

……

「你在騙我。明廷深說過遊魂不是很好套話的對象——」

「那麼怨魂或冥官呢？」

怨魂或冥官……明廷深那次沒有提到，跟諮商無關的東西我大多也不會過問……

小小的租書店二樓瀰漫著濃厚的火藥味，道士沒有想要放過我，或我的助理。而我也沒想要就此投降。

我惡狠狠地瞪視眼前的道士，冰冷地警告了一句，「你敢動昱軒試試看。」

「佳芬姊，妳又能拿我怎樣呢？套妳的老話一句，妳就只是一個普通人類。」他挑釁地說，眼裡閃著勝利的光芒。

……也就只占上風那麼兩秒鐘。

「那麼為什麼不用法術拷問我呢？我只是普通人類啊！難度應該更低吧？」我抓住他的盲點逼問，「是因為我身上的保護太多呢？還是不想得罪冥府呢？還是說……」

我勾起淺淺的笑容，「……還是說因為我是『你的』佳芬姊呢？」

倏地，一道白光從我的臉側險險地擦過去。白光在我身後爆炸了，連帶書櫃都炸得稀巴爛。紙頁自書扉中散出，緩緩飄落。

在飄落的紙頁之間，我依然能夠瞧見蒼藍慌亂的神色。

「佳芬姊，妳是白痴嗎！」見我沒事後他忍不住大罵，「為什麼妳沒閃？如果我真傷到妳怎麼辦！」

「我不就是相信你嗎？相信你不會傷害我。」我的語氣比方才輕柔許多，「所以相信我好嗎？我不能告訴你諮商個案的信息和內容，我知道得太多了。不管是他們的生前與死後，許多冥官都把心事託付在我身上，而我只要破例，就算是一個也好，我會失去的不只是個案的信任，而是整個冥府。如果只是單純的失去信任還好，試問如果冥府決定因此殺我，就像知道太多的米凱爾一樣呢？」

我想起我國中時代曾經遇過的兒童心理諮商師，那個混帳把我的事情說給了她先生，她先生又在某次喝酒聊天時說給了一群酒友——

「佳芬……妳說副理的女兒嗎？可惜啊，爸媽都正常偏偏生了一個神經病。她是妄想病啦妄想病！現在的小孩看太多電視了啦！還能自己幻想有鬼當朋友——來，再乾一杯！」

那個混帳考得過國考卻連最基本的職業操守都沒有……聽到我的諮商內容被說漏嘴的那一瞬間，不得不承認我真的有想請哥哥們殺了他們夫妻倆的想法。

那時候我忍下來了（當然是被十殿殿主輪番哄了三個晚上之後），但如果是被我出賣的冥官呢？雖說我前幾天才信誓旦旦跟黑無常說冥官不可能傷害我，但不代表我可以先傷害冥官。

原本，冥府心理諮商師只是想要多認識冥官，不想讓自己太孤單的藉口。但一頭栽進去之後，我就知道自己無法回頭了。這個負擔比想像中的還重上太多了。

蒼藍很認真在消化我的話，低下頭不敢看我的臉，「……對不起，佳芬姊，我沒有想到這麼遠。」

「沒關係，這就是為什麼你還是高中生。」還不忘踮起腳尖摸摸他的頭，像哄小孩一樣。

他毫不隱藏地翻了我一個大白眼，「幹，這種時候可以不要把我當小孩嗎？」

我不就是相信你嗎？相信你不會傷害我。
所以相信我好嗎？

「你就未成年，不是嗎？」

「這倒是沒錯。」蒼藍沒有想跟我爭辯。他的胖手一揮，彷彿被手榴彈炸過的租書店二樓瞬間回復成原本靜謐的模樣。

「妳離開之後我再解除隔絕。」

「好啊。」法術怎麼操作當然不是我這個普通人類能夠干涉的，照做就是了。走下窄窄的樓梯前，我回頭對蒼藍說，「我今天十二點下班，應該凌晨一點能夠離開醫院。你想一起吃深夜拉麵嗎？」

聽到吃，蒼藍眼睛都亮起來了，「好啊！妳請客嗎？」

「可以啊。」就當作是我小小的賠禮，不然這兩天他一直被我無情挖掘內心的小秘密有點可憐……

……

結果蒼藍那個晚上在一碗兩百塊的深夜拉麵店吃了我一千多塊。

媽的，這分明預謀！

【第十八章】

奇點／原點／臨界點

「這樣真的能折磨受刑魂嗎？」

「折磨有很多種形式，當受刑魂對刑罰耐受度提升到你們束手無策的時候，就是應該改變形式的時候了。」

昱軒在我身邊附和道，「試試看並不損失。」

冰山地獄的行刑人苦惱地翻著我給她的題庫，「但是，我們不大會現代的數學……微積分是什麼？」

科普一下：生前謀害親夫、與人通姦、惡意墮胎的惡婦會被判入冰山地獄。除此之外還有生前賭博成性、不孝敬父母、不仁不義的人，死後也會判入冰山地獄。一入冰山地獄，行刑魂就會把你的衣服扒光，令你裸體上冰山。

我到現在還是覺得這個刑罰很輕。但想來我好像也沒有孝順父母，最後一次回家都已經是三年前了，基於死後我也有可能被判入這個地獄，我沒有想要勸殿主把這層地獄的刑罰改一改。我現在也只是勸女行刑人暫時讓受刑魂寫寫數學題，並沒有太奇怪的懲罰，免得未來禍害到我自己。

「沒關係，妳就把課本丟給他們。我也是這樣學起來的。」我高中三年的數學老師就是這樣放我們自生自滅的，沒補習就只能自己想辦法學會。

「如果他們不寫或亂寫呢？」

「嗯……」這我倒有點困擾了，拿原文教科書把人砸死聽上去好像一點也不可怕……

「五馬分屍？」

「好像也不錯……不然在太陽底下曬成人乾？」

「日光浴聽起來跟放假沒兩樣，要不像之前簡小姐建議火山地獄的那種人肉鐵板燒表演？」

幹，怎麼突然聊起我以前亂諮商的黑歷史了？

「人肉鐵板燒真的廣受好評。火山地獄的同袍們偶爾就會玩一次，自從開始玩花樣之後，受刑魂變得超好控制。我從來不知道鐵板燒的鏟子會比火山更可怕。」

兩個行刑人就這樣在我面前聊起如何更有創意的折磨受刑魂，完全沒顧慮到我還活著這件事情。

以後我死了，我的靈魂可以被蒼藍關進飲料杯嗎？我有點逃避地想。

在他們開始聊起如何效仿某部經典的恐怖電影，用電鋸分解受刑魂時，我的大腦已經開始放空了……

「佳芬／簡小姐，妳覺得呢？」

我覺得？我沒在聽啊！由於回神的表情過於明顯，直接被自己的助理拆穿，「看來佳芬累了。」

「你也不想想我已經多久沒闔眼了，我是人類需要休息和睡眠的好嗎？」

「是妳自己跟我說今天諮商小屋照常營業。」

是的是的，一切都是我的不對，是我自己跟昱軒說我大夜班結束之後吃個早餐直接接著冥府小屋的諮商。逞強的報應很快就出現了。

「既然簡小姐已經累了，那我們下次再聊好了！」因為與昱軒交流到許多行刑的方式，女行刑人顯得輕鬆愉快，很快便告辭了。

我望著女行刑人方才坐過的椅子，喃喃道，「你們十八層地獄的行刑人真應該來一次大聯誼。說不定這樣會少很多來跟我請教酷刑的行刑人。」

然後我的個案就會變少，我就可以多睡一點點了……

「好主意，需要我跟殿主們說嗎？」

「不要，」我果斷否決，「上次的武鬥大會還沒比完就遇到內境攻擊了，如果你們十八層地獄辦大聯誼等等內境又攻打一次。」

「不會啦，他們的戰力已經被我們削弱不少了。聯誼充其量只是喝喝酒聊聊天，應該不會觸碰他們敏感的神經。」

既然都提到了，那當然是順勢問下去，「所以上次內境攻擊武鬥大會的原因是什麼？」

這個問題我問好久都問不出來啊。現在我都知道有戰爭這回事了，總能跟我講了吧？

再不講我就去問尹氏兄弟！

結果回應我的一如既往地只有沉默。

「還是不說啊！你們到底想要瞞我多久？」

「越久越好。」

我心底輕嘆了一聲，以前還會抓著昱軒或殿主們逼問，但到現在我得到的結論只有冥官們的口風真的很緊。

自討沒趣的我也沒想要繼續追問，逕自換了個話題，「有冥官在殺一般人類，這件事你聽說了嗎？」

昱軒微微睜大眼睛，「妳怎麼知道的？」

「蒼藍告訴我的。如果不是他有說，你們應該也不會告訴我吧？」

又是一陣沉默，不過這次的沉默差不多就是承認了。

「妳有懷疑的人選嗎？」他問。

有，而且是最近的個案。會在諮商小屋明確表達傷人動機和意圖的個案很少，甚至趨近於零。但最近就有一個懷著人界歌手夢的孟婆符合這個條件。蒼藍問我的當下，我立馬就聯想到在人界以歌手活動的清彩杏。

昱軒又問，「妳覺得是彩杏的機率高嗎？」

「不高。如果要好好的以人類歌手身分過日子，就應該比別人更安分守己。」既然要當藝人，那麼就應該人生如一張白紙一般乾淨，連一張超速罰單最好都不要有，不然被媒體逮到的時候就是所有的事業和努力化為泡沫的時候。想必清彩杏也清楚這點。尤其清彩杏又是冥官偽裝的人類，如有有心人士刻意去查，一定會被發現漏洞。

死者是所謂的「有心人士」嗎？我不這麼認為。我甚至覺得跟清彩杏完全無關，因為現場留有過於明顯的證據且故意不收拾，彷彿是在昭告天下殺人的是冥官。犯人對自己的行為自豪得很呢！

所以犯人到底是誰呢？想到這裡，我瞟了眼站在隔壁隨時聽我指示的助理，「殿主有來問過你有沒有可疑的個案嗎？」

「有。」宋昱軒老實地回答，「但我沒告訴他們任何個案的資訊。我知道妳會很不高興。」

知我者昱軒也。我發現自己的心情異常輕鬆，大概是因為再次驗證昱軒是一個很優秀的助理吧？

「他們能接受我們沒有上報可疑名單嗎？」

身著墨色古裝的助理對我比了「ＯＫ」的手勢，「搬出妳的名字之後一切都好說。」

這群遇到乾妹妹就智商砍半的哥哥們……就不要有一天我從市區東邊殺到市區西邊，哥哥們不僅沒阻止還會負責幫我扛南北兩邊！

連我都要為冥府的未來擔憂了。也不知道眾冥官二十年前有猜到高高在上的十殿殿主竟然都是妹控嗎？

「不過……我覺得我們能夠自己調查彩杏。佳芬妳覺得呢？」

我當然是……先把頭埋在桌子裡逃避三秒鐘。

靠……這下真的要當靈異偵探了嗎？

樂於折磨受刑魂的冥官很多，我也知道有些職位並非行刑人的冥官會晃進十八層地獄，與行刑人一邊聊天一邊把受刑魂的臉壓進刀山。反正受刑魂本來就是要受懲罰的，至於被誰懲罰這種小細節一點也不重要。

順道補充，這種舒壓方式是我提議的，迴響極好。

但我實在想不到除了清彩杏以外，還有哪個個案有殺人的傾向。我與昱軒一起把諮商紀錄翻了一遍，楞是沒找到其他嫌疑人。案件調查沒破口下，我只好回到自己家裡打開電腦搜尋清彩杏的訪談錄影，還有舞台上的談話片段。

清彩杏在團體擔任一個比較沉默的角色，這我能理解，畢竟多說多錯，尤其她與現代人又有龐大的年代隔閡。再怎麼說都是個清朝人啊！

……但是這等化形是清朝的冥官化得出來的嗎？不過我現在看的都是轉播，電子器材也無法紀錄冥官的特徵……

不然……找個人陪我去看真人好了！

「我很意外學姊會突然想看蓋棺少女的現場呢！」

「他們的表演真的很有魅力。」為了研究清彩杏的心理狀況，我也順便把蓋棺少女的表演影片都看了一輪。不得不說，相較於充滿粉色泡泡的女子團體，我還是比較喜歡酷帥、唱跳中帶點社會諷刺的風格。而蓋棺少女剛好就是這樣的風格。

不得不說，她們會紅真的不是沒理由。

「對吧、對吧！我今天也要感謝學姊呢！她們今天的活動門票很早就賣完了，開賣的時候我正在實習，根本搶不到……學姊到底是從哪裡買到的啊？」

其實也不難買，因為活動前一天讓票的情況不少。多爬一些群組就買得到了。邀請亞繪陪我一起去看蓋棺少女的簽唱會也不難，她打開門看到有兩張門票在她眼前晃的時候，驚喜得形象什麼的全拋腦後，連一絲懷疑都沒有，直接答應陪我去看簽唱會。

簽唱會地點在百貨公司頂樓的展演空間，臨時搭起的舞台加上海報作為裝飾，就成了簡單的簽唱會場地。我掃過一眼活動表，簽名活動前是舞台表演，就代表我看完舞台表演，見到清彩杏本人我就可以走了……不然人真的多到我有點不舒服。

我已經夠討厭出門了，更何況是人多擁擠的地方。尤其身周都是興奮又熱情的粉絲，更是讓人……不安。

正當我在思考要用什麼藉口搪塞向亞繪讓我可以中途離開的時候，會場燈光全暗，抒情的鋼琴聲作為開場，平復現場觀眾情緒的同時也把期待度提高。一盞聚光燈打在舞台中央，這首歌第一段的獨唱正是清彩杏。

清彩杏的歌聲真的很有辨識度，實力也十足強悍。無伴奏情況下穩定起音，以悠揚綿長的古典聲樂開始，並在最後尾音拉長時轉成如現代流行樂的唱法。

真的很好聽，好聽到我都快忘記這次來的目的，明明視線就在她身上尋找化形的破綻，但還是忍不住只想全心全意看著她的表演，聽著她的歌唱。

如果她的演出有這等魅力，那還真的不需要擔心會被認出真身，我也看不到任何破綻就是了。

「嗯？」清彩杏出場的當下，向亞繪發出一聲困惑的聲音，但隨著抒情的獨唱結束，曲風瞬變成節奏感十足的舞曲風格，她也沒空多思考，一併加入現場觀眾的歡呼聲。

帶向亞繪來果然是正確的。

基於禮貌和對室友偶像的尊重，我還是看完了整場表演才離開現場。碰巧抽中和偶像上台遊戲互動的室友今天可說是夢想成真，笑得合不攏嘴。

「今天真的很謝謝學姊！」手握簽名海報的向亞繪開心得連走路都一蹦一跳的，像個獲得新玩具的小女孩似的。

「不會，妳玩得開心就好。」我也享受了一場很棒的音樂饗宴，同時也確認自己以後不會想再來這種場合。

「倒是學姊，妳原本就認識清彩杏嗎？」

果然被看出來了……正港道士家族出身果然不一樣。因為還在公共場合，所以我講得很隱諱，「她選擇走這條路……妳覺得我需要擔心她嗎？」

「嗯……應該不需要。我表弟說過我的視力很好……應該說太好了。連隱形眼鏡都要特別訂製才夠用。」

不只看得見，還看得特別清楚。所以說妳高中無知的那三年到底為什麼能夠活下來……只泡在圖書館讀書真的就能安然度過高中三年，都不會被鬼盯上也不會跟鬼對上眼嗎！還是說鬼一上來就會被那雙漆黑的爪子撕成碎片？

向家的祖先一定燒了很多好香，才能讓他們家的女兒命大到活到今天。

知道越多向亞繪的經歷，我更加確信她日後當醫生會比我這個殿主的乾妹妹當護理師還要辛苦很多很多倍。

「啊，學姊，門票錢我還沒給妳……」

「哎呀，不用計較那麼多。等等的晚餐妳請就好了。」門票錢就當顧問費也不錯。

「不然，由我來請妳們兩位呢？」

我們兩個被背後的聲音嚇得猛地回頭，只見一位全身上下包得密不透風的女性在我們身後，先認出來當然是我旁邊的粉絲。

「啊啊！妳是——」

「噓——」她讓向亞繪閉嘴之後，轉而看向我小聲地說。

「簡小姐好，我們又見面了呢！」

為了自己的安全著想，我真的很不想跟清彩杏回家。但是我跟她的對話沒有一句是能在大庭廣眾下說的，只好硬著頭皮被她帶回她的租屋處。

事後想來，為什麼當時我沒有想到要把清彩杏帶回我的住處呢？一定是因為她突然主動接觸我，導致我腦袋當機了吧？

清彩杏回到住處，便把變裝的口罩眼鏡全摘了。她並沒有如我想像的直接用化形換裝，而是如同一般人類脫下外套，再走入房間內換成居家服。

「妳們請坐，我去泡杯茶。請問簡小姐旁邊這位是……」

向亞繪小心地回答，「我是魏大人的眷族。」

這種文謅謅的自介是……？

「啊，原來是魏大人的眷族啊！那就更要好好招待了。不好意思，因為我不方便在外面用餐只好帶妳們回來了。我幫妳們叫個外送——妳們想要吃披薩還是火鍋呢？」

我看著清彩杏熟練地使用熱水壺，再掏出手機幫我們叫外送。而她的歌手生涯也一直會接觸到麥克風、攝影機、電腦……這些電器都不曾爆炸過只有一種可能。

「妳……蒼藍曾經給妳過偽裝成人類的物件嗎？」

「對啊，能夠像現在一樣沒有煩惱地站在舞台上都是魏大人的功勞！」原來早在第一次諮商，我叫她克服冥官會引爆電器的問題後，她就在蒼藍身邊跟蹤了三個月，確認蒼藍的住址之後便厚著臉皮上前敲門了。

「蒼藍就這樣答應了妳的要求？」

「還是有交換條件。魏大人除了化形和限制陰氣外放的法術之外，還下了禁制，只要我有透露冥府相關資訊的意圖，我就會立刻被遣返回冥府，供殿主徹查。」

「但妳說給了我和亞——我室友聽，妳卻沒有被遣返？」蒼藍曾經說過名字是有力量的，不能亂說，我也不知道他是在唬我還是說實話。看在亞繪絲毫不提自己名字的情況下，我也就不先透露了。

「妳我都被蒼藍標記過的關係吧？」

「標記？是我身上眾多保護的一部分嗎？」

「差不多。同為眷族，我能夠輕易認出蒼藍的手筆，因為自己身上也有類似的東西。清彩杏的化形法術也很好認。但我能跟學姊保證一般內境人士看不穿蒼藍的化形。」

我可以拜託妳不要用天師的方式講話嗎？我現在聽得都很彆扭，妳自己都不會覺得奇怪嗎！

很有道理沒錯，看起來很厲害也沒錯，但前天看見怨魂嚇到黏在我身上的醫學生到底在哪裡？一小時前的蓋棺少女腦粉又在哪裡！

我心裡瘋狂吐槽向亞繪兩個身分違和感過重的同時，清彩杏還在熱絡地談著她的偽裝。

「這根本不只是化形了！魏大人的法術連頭髮質感、臉皮觸感、筋骨在一般人類該有的位子、觸摸的溫度都模擬得很像，造型師和化妝師幫我做造型的時候都沒有察覺異樣！而且不只是別人感覺得到，甚至我自己都能感受到別人的觸碰。我都覺得自己像是又活了一次——」

說得也太神了吧……

「——真的不枉我那天穿星之海魔法少女的閃亮亮夢想表演服去拜託他！雖然偶爾就得再穿一次去他面前跳舞，但我覺得值得！」

這位清朝的孟婆到底觀察了蒼藍多久啊！應該也不需要太久……只要有眼睛的人都看得出來蒼藍很喜歡星之海魔法少女。

「對吧！妳看這刺青，是魏大人給的！很漂亮吧？還很實用！」她秀出她的右手，手腕部分刺了一圈如同手環的圖樣。乍看之下是無意義的花紋，細看之後才發現花紋中暗藏著類似符籙的筆勢。

能做出這麼帥氣的東西，那為什麼當初要給昱軒一雙黑手套啦！但閒聊至此，我也確信清彩杏不可能是殺人的冥官，因為蒼藍不可能也不會放任一個殺人的冥官在自己的眼皮子底下晃，就算穿星之海魔法少女的夏日海邊赤炎炎表演服去求他也不可能。

這下可好了，案件調查遇到了瓶頸，現在該怎麼辦呢？

剛好，外送也來了。我也就先把案子放一邊，填飽肚子再說。清彩杏叫來的義式料理擺滿了一桌，連附餐和飲料都有。她把餐具遞給我和向亞繪，「好啦，妳們吃吧，我就不浪費食物，看妳們吃就好了。」

對，她還有吃東西喝水這類的生理問題……不得不說，一個清朝人要在現代當唱跳歌手，不僅要在大庭廣眾演出，更要在網路上表現得毫無破綻真要下一番苦功。

當初給她勇敢追夢的建議沒給錯實在太好了……也幸好蒼藍有幫忙——說她剛好抓準蒼藍的喜好應該比較正確。

「嗯？妳不叫另外一個冥官出來嗎？」向亞繪開動前隨口詢問道，她的手指也很隨意地指向那扇一直緊閉著的房門。

「另外一個？」我詫異地問，「該不會有另外一個冥官跟妳一起追夢吧？」

「不是啦，他只是在休假來人界玩，借住我這邊而已。」清彩杏對著緊閉的房門高喊道，「孜澄前輩，簡小姐來了，你不出來打聲招呼嗎？」

ㄗ……ㄔㄥˊ？哪個「ㄗ」哪個「ㄔㄥˊ」？在我來得及反應過來前，一把長劍自我身側刺出——

一隻黑色的爪子在長劍削斷我的脖子之前將其格開，但長劍也僅僅只是被格開一下，轉個彎後又向我襲來。這回另一隻爪子直接把劍的主人拍飛，劍的主人並沒有像電影裡在牆壁上撞出一個人形洞，而是在空中輕巧轉身，半蹲跪在牆壁上，完全違反地心引力。

「孜澄前輩！你在幹什麼？她是簡小姐！」

他停下動作的時候，我才來得及看清他是誰……

宋孜澄，那位理論上已經消散於戰場上的冥官。

為什麼？

其實周圍情況很混亂。我只是有陰陽眼的普通人類，許多事情我的腦袋都反應不過

來。

為什麼？

就算孜澄再度提劍向我襲來，我依然只能傻愣在原地，滿腦子只有同樣的問題。

為什麼？

為什麼宋孜澄會想殺我？

為什麼——

「學姊，妳還站在那邊做什麼？快逃啊！彩杏快點帶學姊逃走——」

亞繪試圖用爪子限制冥官的行動，但冥官的行動十分敏捷，能做到保持距離就已經很勉強了。她一邊操控黑色的爪子一邊對我大喊道。而清彩杏——

清彩杏連看我都沒看一眼，早在孜澄再次攻擊我的當下就跑了。連回頭都沒有，果斷的逃了。

為什麼——

為什麼我又被拋棄了？

「該死。」一向亞繪低聲咒罵一聲。爪子搶走他的配劍後往旁邊一丟，趁著宋孜澄回身撿配劍的時候，另一隻爪子從他的背後狠狠把他按在地上。趁著這個空檔，亞繪連忙掏出手機，但很快就發現手機早在宋孜澄攻擊我們時，被陰氣掃到而陣亡了。

「學姊，妳快聯絡蒼啊啊啊──！」亞繪才說到一半，孜澄的一隻手掙脫束縛重新取回配劍，反手就是把配劍狠狠插入爪子中。亞繪吃痛地大喊，連爪子都發出淒厲的嘶吼聲。孜澄回身又是一踢，亞繪如同破娃娃一般摔出，在客廳的另一邊一動也不動。

看到亞繪飛出去的那刻我總算回神了。我第一個反射動作還是掏出手機，但怎麼按手機螢幕都是黑的。

這樣下去不行。亞繪不能出事，而我……

我心一橫，喊出我從未在人界喊過的名字──

「厲──唔！」

……還是宋孜澄快了一步。

好痛……我低頭看著沒入自己胸口的長劍，只剩下劍柄還被宋孜澄緊握著。

他媽的好痛……

不是只有胸口一個傷口嗎！為什麼全身都像被火吻一般的痛！我還想嘗試說話，只要能夠喊出楚江哥哥的名字，楚江哥哥一定會上來救我的……

但我完全做不到，我痛到連說話都沒辦法……

以為再也見不到的諮商對象與我雙眼對視。我原本以為會從他眼中看見冷酷、瘋狂，但我現在望著的是一雙如夏日般溫和又堅定不移的眼眸。

「簡小姐，真的很對不起。希望不會太痛。」

幹，你在說什麼鬼話！不希望我太痛那就不要殺我啊！

他一把將我打橫抱起，輕手輕腳地放到客廳的沙發上讓我靠在扶手端坐著。我整個人呈現僵直的狀態，僵硬到足以維持坐姿，應該是那把劍的關係吧？誰知道冥府的配劍對活人會有什麼效果……

呵呵，之前殿主哥哥們百般強調我不會肝衰竭死亡……所以生死簿上面寫的是我是被冥官殺死嗎？

「簡小姐，妳教了我很多。雖然只去過妳的諮商兩次，但我在諮商之後總算找到自己成為行刑人的意義了，那一陣子在拔舌地獄工作我真的很高興。」

你在地獄自己開心工作就開心工作幹嘛要跑上來殺我！

「後來，有次我遇到了明衡業。簡小姐應該知道他吧？就是黑白無常身邊的輔佐。他跟我叨念有多少惡人在人世間得不到懲罰……」

他將長劍從我胸口抽出，鮮血開始自胸前胸後兩個洞泉湧而出，染濕我的衣服，也染紅了整個沙發。我感覺到自己又能夠動了，但是我完全提不上力氣……

「……於是，我跟明衡業套了幾個名字。在戰場上詐死，脫離冥府的掌握，然後讓這些惡人在在世的時候就得到應有的報應。」

「殺了他們的當下，我真的很開心。我活著的時候沒能為這個世界做任何事，死後總算能對世界有點貢獻了。」他若無其事地甩掉配劍上的血，一邊對我點頭致意，「這一切都要感謝簡小姐。」

既然感謝我，那到底為什麼……

「……只是很抱歉，簡小姐和昱軒走得太近了。如果被昱軒知道了，我只會被抓進冥府大牢。到現在對昱軒還是很不滿啊……那一箭明明救了簡小姐，怎麼還是被懲罰了呢……但誰叫他是宋昱軒呢……」

是在說什麼呢……為什麼我一句話也沒聽懂？我的意識逐漸渙散，也不知道那一劍到底有沒有插穿心臟或主動脈，但以這個失血速度，我應該很快就會看到黑白無常他們了——

——也或許不會……蒼藍好像有說過被殺死的靈魂都沒有進入冥府吧……都被藏起來了……

宋孜澄好像又講了一些話，在我耳裡都變成了嗡鳴聲。接著他對我深深一鞠躬，然後提著劍走向還倒臥在地板上昏迷不醒的亞繪。

不行……

她是亞繪……是蒼藍的表姊……

蒼藍會很難過的……

雙唇顫抖著，我虛弱地說。

「你做得很好——」

我在說什麼呢？為什麼臨死前，我還想要說這些廢話呢？我的思路開始變得遲鈍……有力氣的時候就應該趕快喚名叫援兵，我到底在幹嘛？

或許是因為我內心深處是支持他的吧？所以想要用最後的力氣、最後的生命，在他還聽得見的最後一刻，對他表達我的想法。

真的，黑白無常口中的那些社會渣滓本來就不該繼續存在於這個世界上。他們的存在說是毒瘤都不為過，只是多浪費地球資源和社會成本……

殺人的冥官回頭，他的臉上是被認可的喜悅，洋溢的笑容嘴角點綴著我的鮮血——

宋孜澄好棒，這個笑容好美，我看得好想哭。我之前的諮商一定錯過了些什麼，沒辦法看出他其實是一個迫切尋求他人認同自我的孩子。

也難怪那時候會玻璃心碎滿地了，百年來重複的工作突然被否定，嚴重懷疑起成為冥官後的自己。當我給他一個激進的想法，要他用盡全力守護世界和平時，他充分利用了自己身為冥官的優勢，達成了我口中的「世人對冥官的期許」。

謝謝你對社會有所貢獻，但——

「……但沒有殺我的話會更好——厲成藩！」

我用盡僅存的力氣喊出楚江王的名字。小公寓的客廳瞬間颳起一陣黑色狂風。被冥府十殿殿主親臨人界的陰氣影響，照亮客廳的日光燈連閃爍的機會都沒有，直接全數爆開。

我眼皮闔上之前，最後的畫面是楚江哥哥用一把彎刀把宋孜澄劈成了兩半……

我的諮商個案在我面前一點一滴消散。就跟詠詩一樣，宋孜澄在他生前死後心境最美麗、最清澈的那刻化成了點點綠色螢光……

又一個，又一個諮商個案因為我的緣故消散於人世中。

對不起……

都是我的錯……

「佳芬，妳不能睡——佳芬！」

楚江哥哥用力地搖晃我的肩膀，但我已經沒有任何力氣回應他了。

對不起，都是我的錯。

是我諮商的方式錯誤，誤了宋孜澄，還害得楚江哥哥得親手手刃冥官。

我真是個失敗的冥府心理諮商師，無牌無照的、招搖撞騙的……

都是我的錯……

……是我傷害了冥府，傷害了殿主哥哥。

對不——

隱約之間，我聽到許多人在我身邊說話的聲音。

「佳芬！佳芬——」

「喂，佳芬她——」

「佳芬姊不會有事的！我答應過了，我答應過『他』不會讓佳芬姊出事——」

還有東西翻倒的聲音……

「護衛隊都在做什麼！」啊，閻羅哥哥聽起來好生氣，好恐怖……

「都消散了……全被孜澄給……」這句是昱軒的聲音……

嗶、嗶、嗶……

嗶、嗶、嗶……

這規律的嗶嗶聲，是心電圖。

「學妹！學妹！」

眼皮好重……燈光好刺眼……

「學姊！佳芬醒了！」我適應燈光之後，第一眼看到的是一個不認識的護理師，而她顯然知道我跟她一樣是護理師，還是學妹。

這裡是……？我忍著全身酸痛轉動脖子，旁邊有我極度熟悉的三合一生理監測器和點滴架……應該說，我幾乎每天上班都看到這些醫療用品，但他們都在病人的身上。還有這間有點熟悉又很陌生的單人病室……

我又回到了加護病房，就跟八年前的那一天一樣。

氣管內管、鼻胃管、尿管、左手一根留置針、右頸一條中央靜脈導管，不知道固定幾公分……

幹，我真的是職業病。加護病房醒來後的第一件事竟然是數自己身上有多少管路。

「佳芬，妳聽得到嗎？」加護病房的專科護理師走進我的病室關心地問。這個學姊我認得，是個很資深的專科護理師。名字我不記得了，因為大家只管叫她「桂姊」，叫久了大夥就只記得她是桂姊了。

但我無法說話，嘴巴被塞了一根管子直達氣管擋住聲帶，只能點頭搖頭還有打手勢做回應。

桂姊見我點頭，轉身拉開窗簾，使得柔和的陽光得以灑進冰冷的病室。我望著外頭的藍天白雲……

我昏迷了多久？桂姊見我看天空看得出神了便出聲拉回我的注意力，「今天是星期四，現在是早上九點，妳有哪裡不舒服嗎？」

我很無奈地比了嘴巴那根該死的管子。

「妳被拖進來的時候昏迷指數只有三分，怎麼樣都得插。等下評估通過了就可以就幫妳拔掉。」

還要評估……就是只能等了吧？我的肩膀無奈地垂下，神色一定很失望，因為桂姊馬上就威脅我敢亂拔的話，就會把管子盲插回我的喉嚨。我知道桂姊不是認真的，但基於我真的不想再體驗一次插管，我也只能乖乖的躺著和桂姊筆談。

我寫道：**我怎麼了？**

「我們才要問妳吧！妳到底是怎樣把自己搞成這個樣子的？妳最後記得什麼事情？」

這也是標準問題，但我不知道該怎麼回答。因為我最後記得的事情是楚江哥哥把宋孜澄劈成兩半，然後宋孜澄化成點點綠光消散在空氣中——但以上這些完全不能說。

蓋棺少女。我還是沒什麼力氣，一枝原子筆都跟磚塊一樣重，只能精簡地回答。

「然後？」

我當然搖頭給她看，後續的事情就算能講也不能跟她說。

我怎樣回來的？

「以後不要用這種方式回來好嗎！」桂姊讀完潦草的字跡之後忍不住發起牢騷，「妳被一輛沒牌的小貨車丟包在急診大門口。全身沒有傷，卻怎麼樣都叫不醒，血壓爛到跟鬼一樣！抽血起來嚇嚇叫！血色素三點二而已！三點二！我在加護病房待了三十年都沒看過這麼低的血色素！妳知道妳嚇壞了急診多少人嗎？急診跟我們做了多少檢查找妳的出血點在哪裡嗎？重點是通通都找不到！心電圖接上去還給我出現ＳＴ段下降——」

桂姊劈哩啪啦講了一大堆我昏迷時做的檢查、治療等等，嘴巴暫時無法說話的我也就只能聽。

此時，我留意到桂姊身後走出一位熟悉的黑色古裝男子，他正對我揮手。

是昱軒。看到他的瞬間我就安心許多了。他深鎖著眉頭，憂心地說，「佳芬，妳看得到我就比四，好嗎？」

昱軒忽然這樣要求自然有他的理由。我浮誇地對著桂姊睜大眼睛比了個四再比了二，假裝震驚於自己超級低的血色素。故意比錯的我馬上又被桂姊機關槍式地唸了一頓，直問我記不記得自己有撞到頭之類的問題。

昱軒則是看到我完成指示之後安心地鬆了一口氣，「太好了……我先下去跟殿主們匯報，晚點再過來看妳。」我的目光隨著他離開的方向追去，也因此被桂姊抓到我分心了，

「佳芬，妳在看哪裡？我在跟妳交班妳自己的病情要專心聽啊！妳明天還有核磁共振檢查，要看腦部的，胃鏡也還要再做一次……」

面對桂姊的叨唸，我又開始放空，神遊到不知道哪裡去了。

外面的天空好藍啊……不知道亞繪有沒有受傷，還有清彩杏……

「……佳芬，妳完蛋了。妳們家阿長等等就會帶一卡車的人來看妳——」

等等，妳說什麼？

果不其然，午餐時刻，阿長帶了一堆人來看我，其中包括小魚、我家直屬、育玟學妹，連跟我同期的張昀禎都出現了。

靠，這群人是都不用上班嗎！

「學姊——」我家直屬一見到我，立刻飛撲上來抱著我，「學姊妳沒事真的太好了——」

「學妹——小心扯到點滴！」小魚提醒著，可彥霓此刻才沒有心思管那幾條細細的管子。她抓住我的肩膀，無比認真地詢問，「學姊，快跟我說，是誰幹的？」

哇，彥霓看起來殺意明顯啊……就算那個人是人類而且現在還活著我也不會跟妳說的啊！

重點是我才剛拔完管脫離呼吸器，還不能說話啊。

「她不記得了啦，最後只記得去過簽唱會，連跟她室友一起離開百貨公司都不記得了。」

聽完桂姊的補述，彥霓瞪著我良久，好像不大相信我的說辭。由於彥霓的視線讓人感到不舒服，有種青蛙看到蛇的感覺，我連忙帶開話題。

「對不起，我的班……」

我還沒寫完，阿長就拍拍我的肩膀，「沒關係，現在勉強還行。大家都很擔心妳，妳恢復了再回來上班就好。」

我乖巧地點頭，一邊偷偷觀察明明跟我沒有很熟卻一起上來探病的同期和學妹。

「佳芬，記得趕快恢復喔！不然下個月的班我們會上得很辛苦。」

原來妳是上來對我講這句話嗎……我望著張昀禎汗顏地想著。彥霓因此跟張昀禎小小的拌嘴了起來，小魚和阿長還得居中緩和氣氛，不然等等拌嘴就演變成真的吵架了。聽她們互嘴膩了，我的視線就從張昀禎的方向慢慢地漂移到育玟學妹身上——

「我、我是來給學姊喜帖的。」育玟學妹在眾人盯著的情況下從口袋掏出粉紅色信封，「學姊，我下個月就要結婚了，來給學姊沖個喜。祝學姊早日康復！」

「妳又不是她的小孩……」

「她又不是妳家長輩……」

阿長和桂姊不約而同地吐槽了類似的話。育玟學妹此時倒是說得義正辭嚴，「她也是我學姊嘛！」

我也是笑笑地收下學妹的好意。

接著阿長和彥霓開始妳一言我一句地幫我填補我昏迷三天的記憶空缺。就像桂姊講的我被一輛無牌小貨車丟包在門口，然後車就跑了。院方早已經報警，但到現在還是沒找到那台無牌小貨車。

還有，因為前陣子是殺人未遂的受害者，現在又被丟包在醫院大門口，原本警方還想要當被槍殺那次是我被點錯相，但短時間內第二次不明原因的襲擊使得警方起了疑心，懷疑我有參與非法活動，也因此直接徹查了我身邊的所有人。

所有人……不就代表我爸媽也知道我「又」住進加護病房了嗎？

想到這裡就覺得煩躁。

「警方這次很認真做事呢！」彥霓驕傲地說。她會那麼驕傲，想必她也在其中出力了吧？那次她被年輕警官錄完口供（而且交換完聯絡方式）之後，陸續有見到她滿臉春風地望著手機螢幕回訊息。這之間到底有什麼故事真的不難猜。

「嘖嘖，不就幸好妳有朋友在當警察，警方才有認真的查。不然像佳芬這種小老百姓，很容易被吃案的。」

可以就讓我被吃案嗎？我完全不想要在警方手上留有任何紀錄……尤其如果徹查起來，以前的兒童精神科診斷、兒童心理諮商紀錄和次數、不明原因多次轉學、高中三年級的那件事、街坊鄰居和同學之間的謠言……這些全部都會浮到檯面上來，我就有得解釋了。

只希望警察還沒有去翻過我的住處……我自暴自棄地想著。

很快的，下午的會客時間到了。顯然我弟弟每天都會過來看我，阿長與同事們便把時間留給我和弟弟。

我的弟弟叫簡佳歡，比我小三歲，今年大學四年級。

我已經很久沒有跟自家弟弟見面了，大概一年了吧？急診護理師很忙、冥府那邊也很忙。上次見面還是去年佳歡剛好路過醫院附近，而我也剛好有時間陪他吃個飯。

沒想到時隔一年，竟然是在這種場景見面。他走進病室的時候我甚至覺得有點愧疚，作為姊姊我都沒有關心他的生活和學業，他卻總是在我出事的時候陪在我身邊。

我上下打量著許久不見的弟弟，他還是跟一年前看到的一樣瘦瘦高高的，沒改變太多，只是可能因為又跑去哪個海邊衝浪游泳的關係曬黑了好幾個色階。佳歡雖然比我還小三歲，但因為那張老成的臉和與我的身高差，兩人一起出門的時候總是會被誤認為是兄妹。被誤認為是兄妹還不打緊，有一次還誤會我是他的小學生女兒……那時候我都已經大二了。

「姊姊，妳總算醒來了，太好了。」佳歡感動地看著已經完全清醒，躺在病床上無聊看天花板的我，「妳現在還好嗎？」

我送給他一個大大的白眼，「我看起來像還好嗎？」

「妳的直屬學妹有傳訊息給我，說妳下午應該就可以說話了，嘴巴也可以試著吃點湯湯水水的東西。我有帶魚湯給妳吃。」

佳歡在我面前擺上魚湯和餐具，讓我自己喝。聞到魚湯的香氣我也真的餓了，說了聲謝

謝就開心享用起來。

他在旁邊盯著我用餐的同時，不忘抓緊三十分鐘的會客時間直奔重點，低聲地說，「對不起，我瞞不住。警察來過家裡，爸媽都知道妳出事了。」

果然……這下可好了，以後更不用回家了，不然見一次唸一次，聽了也煩。不符合他們期待的女兒還是從他們眼前消失，對大家都比較好。

「我也被偵訊過了。他們拿了妳以前的紀錄來問我。」

全都被我猜中了……口中的魚湯瞬間變得難以下嚥。這真的是最悽慘的狀況了。

「那你跟警察說了什麼？」佳歡雖然知道我與冥府交好，但我從沒跟他提過我是冥府的心理諮商師，也沒說過殿主乾妹妹一事。他一直都是家裡唯一一個相信我的人，可是我又擔心他會把我與冥府的友好關係說出去……

「我都跟他們說我不知道，姊姊在家裡都不大說自己的事情。」

……看來是不用太擔心了。

真的無比慶幸我還有佳歡做為我的家人。

「警方有說他們懷疑什麼嗎？」

「妳應該不需要擔心警察這邊，而是『妳那邊』吧？姊姊，妳最近——」

「三十分鐘會客時間到了喔！來，讓病人休息了。」護理師挨著病室一個個提醒探病的家屬離開。我原本還問佳歡要不要留下來久一點，我可以請加護病房稍微通融一下，可是他說稍晚還有事情，也不想打擾我太久。

「姊姊，妳最近低調一點。要好好照顧自己，懂嗎？」

「知道啦！我一直都有很好地在照顧自己啊！」很可惜的，這句話由一個躺在加護病房的病人說出只顯得很沒說服力。

弟弟離開之後，負責照顧我的護理師便走進來……外加整個加護病房其他的護理師。

「你們都圍在我身邊幹嘛？我是快死了嗎？」這麼大陣仗我會怕啊！這麼多人圍在病人旁邊通常只有代表那病人出事了，而我現在是那個病人啊！

「沒啦佳芬，我們只是想問……」

「小魚學姊說過妳的男朋友很帥很體貼很溫柔，怎麼妳住院這幾天都沒來看過妳？」

我男朋友……？等一下，妳們該不會是說某個早在宋朝就死透的冥官吧！

「他不是我男朋友！」我連忙否認到底，而且宋昱軒早在今天早上就來看過我了。

「都把妳公主抱回家了，還不是男朋友嗎？」

「對啊，當人家的第二春也不錯吧！」

「妳男朋友很帥很有氣質耶，影片中穿黑色襯衫看起來超像音樂家的。」

幹，那群大嘴巴可以不要亂傳嗎！不要過後全醫院都知道我有一個很帥的男朋友好嗎！

重點是，宋昱軒就不是我的男朋友啊，冥府那群傢伙到底為什麼要把我送來醫院啦！不僅要被警方列入可疑人士的名單，還要被當成學長姊們茶餘飯後的笑話。蒼藍自己搞定不就好了嗎？他那一手治癒法術不是使得出神入化，白色火焰燒一下就什麼都好了不是嗎！

這個疑問我在晚上得到了解答。

晚上接近深夜時分，對面床的生理監測器警示聲不斷作響，吵得我無法入睡。我看值班醫師和護理師完全沒空與我閒聊，忙著打電話尋找那一床的家屬。

突然，一黑一白的人影無預警的情況下飄到我的床邊，就算認識他們許久，我也被他們嚇到心臟差點停掉。

「你們是來接我的嗎？」我用開玩笑掩飾方才的驚嚇，想當然耳，黑白無常兩位一併搖頭，「不是，我們是順路來看妳的。」

我也沒多問他們是來接走哪位病人，反正他們也不會說。

「妳還好嗎？」

「每個人都問我一樣的問題。」我忍不住嘆氣，還是滿足了他們的關心，「我比早上好多了。」

現在輪到他們來滿足我的「關心」了。

「那些失蹤的靈魂找回來了嗎？」

「沒找回來。殺人的冥官也已經消散了，沒有人知道那些失蹤的人魂在哪裡。」

突然的聲音又是嚇得我差點靈魂出竅，「啊靠，你們幾個可以不要都這樣嚇人嗎？」

「佳芬姊經得起嚇的，我對佳芬姊有信心。」蒼藍自行變了一張椅子坐在床邊，一臉抱歉地說，「對不起，法術治療也是有極限，我只能把妳送來急診了。」

「所以你只能補洞，不能補血。」

「流到地上的血妳要我再塞回去給妳嗎？」

打死都不要。

「另外也是因為昱軒說妳沒有假可以請了，只剩下病假，只好送來你們醫院，方便又省事。你們家護理長在妳住進加護病房之後，一手幫妳搞定所有請假和排班的問題，真的缺乏人力的時候還自己下去幫忙。」

「你們一個死人和一個超強道士可以不要為我的世俗雜事如此煩惱嗎？」

某個沒有否認自己是「超強道士」的肥宅高中生說，「我覺得昱軒的煩惱很實際啊。」

說曹操曹操就到。昱軒這時剛好從病室門外走進來，或許是見我已經不像早上嘴巴插著管子的可悲模樣，他的眉頭不再深鎖，表情看起來輕鬆許多。

「妳看起來精神不錯。」

「托你們的福。」我的床邊「人」有越來越多的趨勢，我不禁有點擔憂……該不會等等十個哥哥們都會出現吧？

雖說如果殿主哥哥們抽空上來關心我會很開心，但不代表我認為十殿殿主的任何一人出現在加護病房是明智的選擇。

這個病室會塞不下啊！現在有黑白無常加上昱軒和蒼藍就已經夠擠了，其他人再來會滿到隔壁房間的啊！還有機器啊機器！有蓄電功能不代表被冥官摸過不會爆炸啊！

我弱弱地詢問殿主們會否來探望一事，馬上從昱軒口中得到否定的答案。

「殿主們最近不大方便再上來人界了，尤其是楚江王。但他們都在盼望妳能下去陪他們喝酒的日子。」

「因為我喚名的關係嗎？」

兩個冥神一個冥官一個肥宅高中生你看我我看你，就是沒人想要先回答這個問題。最後是黑無常開口，「佳芬，妳要先知道妳在生命危險的時刻喚名是正確的選擇。殿主們也很慶幸當年有把真名告訴妳，他們並不後悔，只是……」

「只是？」我催促他繼續說下去，這下接話的是蒼藍。

「只是殿主無防備之下突然被召喚到人界，所有的力量和標記都來不及藏。所以內境那邊已經盯上了那一區。他們也開始懷疑有人能夠喚名殿主，正在努力搜查中。不得不說，那群蠢貨這麼多年來總算猜對一件事了。」

白無常些微不悅地道，「你還稱讚他們啊？你到底站在內境那邊還是冥府這邊啊？」

「我站佳芬姊那邊，這樣的答案你滿意了嗎？」蒼藍挑釁地回嘴道。白無常「嘖」了一聲，算是勉強接受這個答案。

「那彩杏和亞繪呢？」

「亞繪沒事，第二天就能回去醫院繼續見習了。」

「清彩杏被懲罰了，不過這不影響她的人類活動，妳可以放心。」

……為什麼我覺得他們這次比以前老實許多，也比以往透露許多資訊。我有點古怪地看著眼前四人，他們又一次地閃躲我的視線，默契好得跟什麼一樣。

「妳想問什麼就問吧。」最後是蒼藍最先面對現實，但還是不敢看我的臉。

「你們又不一定會回答我。」

「不，這次我和殿主們都有共識了，會好好回答妳的。」

「所有問題嗎？」

蒼藍遲疑了一下，結果是宋昱軒回答，「關於冥府的、關於妳的，我們能回答的就會回答。」

「這麼爽快？」該不會其中有詐吧？我狐疑地望向自家小助理和肥宅高中生。

肥宅高中生顯然也很不願意，「我們沒有可以修正妳的記憶的手段了。佳芬姊太會猜了，一直隱瞞對妳我都沒有好處。」

總算認清事實了嗎？那麼我也不客氣了，就先從我最在乎的問題問起，「我昏迷的時候，聽到宋孜澄把護衛隊都……」

我最在乎的，從頭到尾，都只有冥官。

我的護衛隊隊長此刻低著頭，吞吞吐吐地說，「佳芬，那天安排在妳身邊的護衛隊隊員，全數……」

「都沒了嗎？」昱軒點點頭，我又追問，「幾個？」

「四個。」

四個冥官在我不知道的時候為了我而消散。

從以前到現在，到底有多少冥官為了保護我而消散於這個世界上？

「佳芬，那不是妳的錯，孜澄他在被假裝消散擅離冥府管轄之前，也曾是妳的護衛隊一員，他很清楚護衛隊的運作方式。我問了附近的土地公。宋孜澄見到妳與清彩杏一同進入公寓，後面又尾隨四位冥官，便一個接一個將其消滅。他們甚至都沒有反抗，因為……」

因為冥官不會防備冥官，誰會防備自己人呢？

我不安地抱緊雙膝，把自己蜷縮得越小越好。滿腦子都是其他四位不具名也不知其長相的冥官化成綠光的模樣……

他們……

如果我諮商的時候再更謹慎一點，是不是結果就會不一樣？如果我不抱持一個「反正都是死人，諮商死人總不需要執照吧？」的心態去執行冥府心理諮商，是不是就不會有冥官因我而死了。

他們四人會消散，全是我過於狂妄自大的關係，對吧？

見我良久都沒有回話，黑白無常對看了一眼，點頭示意後就先行離開，走到對面機器警示聲正在瘋狂作響的那床。

「佳芬……」

我的語調毫無高低起伏地說，「你們兩個都離開。」

「他們的消散真的不是妳的錯。他們——我們都以當妳的護衛隊為榮——」

「我說離開，聽懂了嗎？」

「佳芬姊……」蒼藍又喚了一聲，但也找不到任何安慰我的話，只好聽話地拉上昱軒往門外走。

「等等，昱軒。」

昱軒和蒼藍都回頭，似乎很期待我還能說些其他的話。

「把諮商小屋收了吧。全部諮商紀錄處理掉。」

「佳芬，妳——妳不做了，妳的個案怎麼辦？下個禮拜還有好幾個新個案想來找妳諮商，他們都已經跟築今約好時間了……」

「你不是我的助理嗎！就照著我的話去做是有哪裡聽不懂嗎！」我怒吼回去，吼完之後才發現臉頰上都是淚水。

不就是我害的嗎？

不就是我的心理諮商害得孜澄消散的嗎……連帶害了四個冥官……

我到底做了什麼……

我諮商的這五年來，又有多少個案因為我的諮商誤入歧途？只是都被殿主們壓下來，不讓我知道呢？

我以前還會怨恨蒼藍修正我的記憶，用各種法術讓我不記得過於沉重的事情。現在我只希望蒼藍和冥府還能夠修正我的記憶，讓我得以忘記孜澄的事件、讓我忘記清彩杏拋下我自行逃走的模樣，好讓自己現在不要那麼自責。

到底為什麼……我有什麼資格讓這五抹靈魂因為我而犧牲？

「與孜澄相關的事件，寫成報告書後自己想辦法送到我手上。」我拉起棉被，蓋過頭頂，把自己包得更小團，「離開，不要讓我再說第二次。」

我的床邊瞬間變得靜悄悄的。對面因為維生機器皆已關機，使得不遠處值班醫師透過電話，對著遠在國外的兒女進行死亡宣告的聲音更加清晰可見。

「趙亞德先生，於民國一百一十二年六月十五日凌晨一點四十五分過世。家屬請節哀。」

執行完任務的黑無常再次靠近我的床邊，低聲地說，「佳芬，有需要都可以再找我，不要一個人悶在心裡。好嗎？」

我沒有回答他，也不想回答他。

那是無眠的一夜。

因為只消閉上雙眼，那天的畫面就會在我眼前重現。

孜澄殺我時異常溫柔的眼神、拋下我自己逃跑的清彩杏，還有那幾乎把我淹沒的點點螢光……

就算說服自己不去想，就算值班醫師給了我安眠的藥物，就算我跟學姊借了教科書來讀，我依舊無法入睡，眼睜睜地看著床邊的指針慢慢轉動。眼看就要黎明了，窗外的黑開始緩緩褪去……

無法入睡真的好痛苦，一直醒著抱著愧疚自責的心情也好痛苦。就不能把我用麻醉藥打暈，讓我暫時逃離這些負面情緒嗎？我翻來覆去地想著時，一個人輕手輕腳拉開了病室的房門，溜了進來。來人完全在我意料之外。

是向亞繪。

我連忙閉上眼睛，一動也不動裝睡。

「要記得下聲音隔絕……好了。」向亞繪在我床邊施完聲音隔絕法術之後，便對著一動也不動的我說，「學姊，妳有醒著嗎？」

我閉著眼睛沒有回話。但這不影響亞繪繼續講下去的意願。

「那個學姊，我在古綜合的見習今天就結束了，晚點我就會搬離妳的公寓了。房間和廁所我都已經整理好了，鑰匙我也已經放在餐桌上了。」

……

「學姊，妳知道嗎？蒼藍有跟我說過妳不信任人類的原因。」

……？

「我其實……也跟學姊有過類似的經驗，那是幾個月前的事情。有部分激進的內境人士把黎家的後代，就連枝微末節的分家後代都找了出來，一個接一個以血緣做為媒介，想逼迫『他』出面對峙。」

他？

「那個時候，我的姊姊承受不住法陣，在我們全家面前七孔流血，死了。」

我屏住呼吸，等她繼續說下去。

「可是那個時候，有別的內境人士來救我們。『他』知道之後也出手了，給予挾持我們的群體相對應的制裁……可是從頭到尾，我完全沒有任何反抗的能力。我就只會哭，哭著看許多認識的與不認識的親人在我面前死去，哭到再也哭不出來為止。」

「那事件結束之後，蒼藍才找上我，教我法術，教我怎麼保護自己……但是我再怎樣學，姊姊都不會回來了。」

講到這裡，亞繪已經有點哽咽了。她頓了一下，整理自己的情緒之後才又對我說。

「學姊，我想說的是，就算我的家族險些被內境人士滅族，我依舊沒有痛恨整個內境。同樣的，我知道學姊被人類傷害過，但那都是個人行為，我還是希望學姊能夠再次相信其他不曾傷害妳的人類。」

「就好像這次，就算學姊被冥官傷害了，我還是希望學姊可以保持以往對冥官的信任和依賴。」

「不然，學姊一個人活在世界上也太孤單了。學姊妳人這麼好，不應該這樣把自己困死在牛角尖裡。」

亞繪沉默了一會，大概是在等我回答些什麼吧？但我自始至終都沒有張開眼睛——

可是，沒有張開眼睛不代表我的眼淚不會流下來啊。

為什麼……

為什麼全被看穿了？

難怪我從一開始就對向亞繪很有意見……因為她跟我太像了。

我們兩個都有一雙陰陽眼，看著別人看不見的世界，卻努力裝作與常人無異地在社會中苟且偷生。

但是，她比我堅強太多了。所以我討厭她。

對啊，我不就是如此軟弱的人嗎？因為被人類傷害過所以不再相信人類、也害怕再與他們有超越工作以外的接觸。收掉諮商小屋不只是因為孜澄的那一劍，使得我對冥官產生了恐懼，也深怕繼續諮商下去自己會再度傷害冥官。

我教了多少冥官如何去面對自己的心魔、如何轉向思考、如何堅強面對逆境與挑戰，但最會逃避現實的不就是他們的心理諮商師——我嗎！

我到底……我到底都在做什麼？

如此軟弱無能還只會扯後腿的我，有什麼資格繼續當冥府的心理諮商師呢？

亞繪悄悄地離開了。直到確認亞繪離開之後，我才哭出聲音。

「佳芬？妳怎麼了？哪裡不舒服？」

「學姊，我很好，我沒事……」可是越說自己沒事，我卻哭得越大聲。

「我真的沒事……」

面向東邊的窗戶曬進第一道晨光，晨曦一定很美，但我完全無心欣賞。

我只想躲在棉被裡放聲大哭，遠離世界上所有的一切。

（我在冥府當心理諮商師　第三部　完）

【番外】

百年前

作為管理死後靈魂的去處，「祥和」一直都是形容冥府的最佳形容詞。尤其現今內境苦惱著人界戰爭，無暇侵犯冥府。冥官個個安居樂業，街道上瀰漫著輕鬆歡樂的氣息和笑聲……

「有本事就來抓我啊！」此時有個身影匆匆地穿過整條街道，後面還有兩個冥官在追著跑。雖然說冥官只是一抹靈魂，不會喘也不會有體力消耗的問題，可不代表他們就能這樣跑一輩子啊。

他們還有別的工作需要做啊！保母純粹是他們家殿主派的額外任務！

「黎蔚，你別再跑了！五官王只是要你把作業寫完——」

「我不要！我都死了到底為什麼還要上學啊？」被喚為「黎蔚」的男孩回頭對追他的兩位冥官又是吐舌頭又是扮鬼臉，完全不把來追的冥官放在眼裡。眼見冥官又快追上了，黎蔚拔腿就跑，怎料沒跑幾步就撞上一個堅硬的物體。

「好痛，是誰擋在路上啊痛痛痛痛……」雖然黎蔚不斷吃痛掙扎著，可來人完全沒打算鬆開手上的力道，扭耳朵的力道更大了，恨不得把黎蔚的耳朵扭成麻花。

從後頭追上的冥官見著此景隨即放慢腳步，兩人皆是恭敬地對抓住黎蔚的人請安，「宋帝王日安，我們——」

「你們是一群沒用的東西。五官就是太溫柔才連個孩子都管不住，莫非連你們也染上五官的溫柔了嗎！」身著殿主華服的宋帝王絲毫不理會路人的側目，當街訓斥讓孩子逃走的冥官，還不忘補上他的教育方針，「孩子太調皮就是要把他綁起來抽一頓，再講不聽就丟進大牢裡關禁閉！」

眾人聞言，就算是失去軀殼已久的冥官也忍不住背脊發涼。這時候還敢回話頂嘴的，也就只有耳朵被扭成麻花的那位了。

「喂！我生前沒有任何罪行紀錄，冥官可沒有權力懲罰我啊！你再捏下去，就不怕世界規則突然崩壞或者降災嗎？」

「那就等世界規則懲罰我們了再說！我今天不治你我就不是宋帝王！」話語剛落，宋帝王腰間的縛靈繩便活了過來將黎蔚層層綑住。黎蔚早領教過縛靈繩的厲害，完全不敢掙扎，只怕稍一扯到靈魂就會痛上好幾天。他只能像隻乖順的騾子在後頭被牽著走，這副模樣跟當街示眾差不多。

大街上見著「又」被宋帝王拖回第三殿的黎蔚，眾人只是好笑的搖搖頭，一方面也可憐這孩子的遭遇。

冥府沒人不知道內境的黎家。仗著獨到的法術以及上神賜予可淨化一切的「純淨之火」，黎家於內境占有極高的話語權，黎家家主更可謂內境的無冕之王……而就在三年前的一日，這個大家族分家的一個孩子來到了冥府。

眾人以為他只是普通的新死之魂，例行性遵循冥府為亡魂安排的道路將其引導至第一殿，讓秦廣王查看身前善惡的分量分發去處時，秦廣王翻破了台上的公簿也找不到這抹靈魂的紀錄。

正常來說，秦廣王會負責對照世界規則產生的公簿，依照生前善惡功過派發新死之魂，看是進入天堂、輪迴為人，或者送至第二殿接受接下來的審訊……但那天秦廣王找遍了公簿也無法找到黎蔚的紀錄，他便找來楚江王陪他再檢查一次。楚江王來的時候還一度調侃秦廣王是不是仍在宿醉，怎料他也無法找到那孩子生前的記載。

一般冥官能得到的消息僅能至此，因為十殿殿主即刻召開了緊急會議，閉門探討這孩子身上究竟發生了什麼事。餘下他們只知道孩子對孟婆湯免疫外亦無法進入輪迴……對了，他們還知道這個孩子有著一雙深沉的血色眼瞳，就像怨魂一樣。

有謠傳指出黎蔚跟冥官一樣，跳脫了世界規則。但他又不是冥官，因為並沒有照著一般冥官誕生的過程。

由於黎蔚的狀況太特殊，年紀也太小，所以由十殿殿主輪流照顧與教導一些學識。只是黎蔚離乖巧的距離，大概就跟天堂與地獄的距離差不多。

沒人敢問這名十歲的孩子究竟發生了什麼事，事情全貌說不定只有殿主們清楚。

而這個孩子現在正被宋帝王關在自己的屋子裡，沒把四書五經全抄完不准離開。

「抄什麼四書五經……這個量也太多了吧！我為什麼還要學那麼老古板的東西……」

「……」

「至少給我一些我讀得懂的東西吧？我抄這什麼『學而不思則罔，思而不學則殆』，沒有註解我是要怎麼理解書裡面的內容？」

「……」

「宋帝王也太過分了吧？這麼一大疊什麼時候才抄得完啊……」

「……」

「卞城王，你是啞巴嗎？你至少也回話一下吧？」

「……」

這人是雕像嗎？見到卞城王一動也不動地都沒有回話，黎蔚便嘗試想要開溜。怎料才剛站起，卞城王不知從何處抽出他的關刀，用關刀的棍身重重地敲在黎蔚頭上。

「痛痛痛……你就不能用講的嗎！」挨棍子的黎蔚雙手抱頭，如果亡魂還能昏過去的話，他早就不省人事了。他正想頂嘴抱怨的時候，屋子外頭傳來禮貌的敲門聲，「卞城王，亡魂已經累積得有點多，該過來繼續審訊了。平等王有說晚點就會過來幫忙照看黎蔚。」

聞言，卞城王用眼神警告他不准離開後才起身離開。雖然與卞城王的眼神對上時讓他倍感壓迫，但區區一個眼神怎麼可能嚇得住他呢？卞城王後腳剛離開宋帝王的住處，黎蔚便從窗戶溜走了。

逃離宋帝王和卞城王魔爪的黎蔚，一時也不知該何去何從，突然想起幾天前，秦廣王曾經想要給他看一些有趣的書籍，卻被閻羅王阻止的場景……

一定是很有趣的書！反正秦廣王跟宋帝王不大合拍，一定不會再把他送回宋帝王的屋子關禁閉的。下定主意的黎蔚循著無人煙的小路，往第一殿的方向前進。

此時秦廣王還在工作，翻閱公簿分發新死之魂的去處。饒是黎蔚這般調皮搗蛋的人，都知道這個莊嚴的時刻不適宜打擾，只得蹲在窗外一邊玩沙，一邊等待秦廣王休息的空檔出現。

「你叫什麼名字？」

「我姓黎，單名一個彤字。」

「黎彤、黎彤——」聽到這個名字時，黎蔚瞪大了眼睛，玩沙的手也停了下來，全神貫注地聽著秦廣王分發新死之魂時制式的問話，「黎彤，丙寅年臘月十六丑時三刻生，黎閔生與王豔之長女，向昊之妻。是否？」

「是。」該名女子低著頭回答道。她的聲音讓黎蔚想起了活著的最後一天。

「姊姊，妳下個月就要出嫁了，對吧？」

「你怎麼突然問起？這不是半年前就已經決定好的婚事嗎？」

「我知道，只是……我會想姊姊妳的。」

聽到這裡，黎彤放下手中的梳子，輕拍大腿兩下，黎蔚便如往常一般坐在姊姊的大腿上。雖然黎蔚也已經七歲了，此舉稍嫌幼稚，但他與姊姊的年齡相差甚遠，在黎彤眼中，黎蔚還是個這些年親手把屎把尿、一手帶大的孩子。

「向家對我很好，你不也見過阿昊了嗎？我嫁過去不會被欺負的。而且我們才隔一個村子，就算阿昊在忙，沒辦法用法陣送我回家，我也可以自己回來找你啊！」

黎彤望著銅鏡中的黎蔚，調皮的弟弟在此時竟沒有像平時一般亂動，而是安靜地看著鏡子中的倒影，不禁讓黎彤覺得有些古怪。

「蔚，怎麼了嗎？」

「沒有、沒事。」黎蔚跳下姊姊的大腿，一蹦一跳地往門外走去。開門前更回頭對黎彤喊道，「姊姊要幸福快樂喔！」

「一定會的。」七歲的孩子掩飾自己心事的技術很差。對於弟弟反常的舉動，黎彤並無多問，只理解為是弟弟捨不得與自己分開，便把心思放回銅鏡裡的自己。等等還要跟阿昊一起去村子外賞花，轎子就快來了，讓阿昊等太久就不好了。

出嫁前找個時間帶弟弟去市集逛逛好了。黎彤一邊思索著，一邊將烏黑長髮熟練地盤成一個髮髻，再插上髮簪點綴固定，接著再從首飾盒中尋找可以適合賞花的髮飾。想到待會能見著阿昊，她的心情不自覺開心起來，都哼起歌了。

門外，年幼的黎蔚聽著房間裡頭輕快的歌聲，倔強地咬住嘴唇，不讓自己哭出聲音，只怕自己會影響到姊姊的幸福。

「蔚，本家的人在外面了。我們走吧。」

「是的。」黎蔚牽起父親顫抖的手，兩人都知道黎蔚前往本家一行只會有去無回，因此步伐都一樣的沉重。

遠遠見到本家的兩名道士時，黎蔚停下了腳步，害怕地問道，「爹爹，我去了本家，姊姊就能安全了，對吧？」

「蔚，」黎閔生蹲下來，輕輕撫摸兒子的臉龐，用最後的時間好好記住兒子的長相，「阿彤下個月就要嫁去向家，成為向家的人了。雖然本家很強勢，但強搶人家的媳婦還是會招來閒言閒語。但如果……」黎閔生吞了口口水，自己都難以置信得說出這種話：「如果蔚你不想去，我就去換阿彤出來，好嗎？」

對黎閔生而言，黎彤和黎蔚都是自己的心頭肉啊，怎麼可能就這樣把孩子交出去？但他們一個小小的分家無法反抗威權凌人的本家。

從去年開始，眾分家每一兩個月就得輪流交出一個孩子給本家，所有的孩子從此人間蒸發，無人知道本家究竟對這些孩子做了什麼。黎閔生也想過帶一家子逃跑，但本家眼線遍布各地，再加上血緣法術的搜索，他們不可能逃得掉。

交出一個，他至少能保住另外一個。但他從來沒想過自己交出的是僅僅七歲的兒子。

「不用，我會去本家的，這是我自己要求的。只要姊姊能夠平安幸福，我什麼都願意做。」

——而且，這是黎蔚自己要求的。

「那麼，接下來我抱著你走，好嗎？」黎閔生望著兒子，淚水忍不住在眼眶中打轉。

黎蔚搖著小小的腦袋，堅定地說道，「我可以自己走，我不會害怕的。」他無所畏懼地看著本家的道士．「只要姊姊能夠幸福平安就好。」

他的犧牲只為姊姊換來三年的時間。

「蔚，你怎麼會在這裡呢？」發現孩子消失了的平等王一路尋過來，看著趴在窗邊專心偷聽的黎蔚便湊了過去。聽到裡面的女子也姓黎時，他心裡大概有了個底。

「黎蔚，秦廣面前的女子是你的誰？」

「她是我姊姊。」不知是否平等王的錯覺，黎蔚開口的時候不自然的紅色眼瞳閃爍了一下，身周的氣流也漸漸發生了變化。第一殿裡頭高坐在堂上的秦廣王也發現了外頭不尋常，但也僅僅只是掃了外面兩人一眼，加緊速度把手上的亡魂分派完成。

「黎彤，妳生前無大功亦無大過，判妳進入輪迴重新為人。」秦廣王話語剛落，早在一旁等候的冥官動作了起來，為防亡魂逃脫，所以冥官在轉移亡魂時都會為其套上縛靈繩，但

是此一動作卻讓窗台邊的氣流越發強勁——

「蔚，你冷靜點。」平等王悄悄地取出袖中的兩把匕首，儘量心平氣和地對眼前正在發生異變的男孩說，「我不知道你在想什麼，但你現在需要冷靜——」

正當他以為黎蔚與冥官一樣，因為憶起生前造成陰氣暴漲時，一雙腥紅色的雙眼與他對上了視線，那雙眼中滿溢的憤怒、怨恨與執著，一時讓身為殿主的他定在原地，無法動彈。

「我要救她……我要救姊姊。」黎蔚的聲音帶著不自然的回音，彷彿十幾個聲音同時說話一般。平等王生前加上死後幾百年也未曾見過這種情景，但面對想要從冥府救人的這種行為，他立刻反射性的制止道：「黎蔚，你的姊姊已經死了，你不能——」

他還沒說完，突然感受到一股殺氣襲來。他馬上用匕首擋下攻擊，但還是被強勁的力道打飛出去。他落地之後抬頭一看，卻被眼前的畫面驚駭到一時說不出話。

濃烈的陰氣直衝雲霄，有著腥紅色雙眼的男孩站在墨色的風暴之中，也不知道是否還存有自我意識，但他一手高舉，下個目標儼然就是第一殿的建築！

「黎蔚！」平等王這麼一喊，一根黑色的尖刺自風暴中射出，黑刺穿過他的手臂牢實地把他釘在地板上。平等王只能眼睜睜看著狂暴的墨色狂瀾撕扯著第一殿，直至露出還在裡頭尚未被轉移的黎彤。

「……蔚？」女子見到眼前熟悉的面孔，不確定地喚了聲。也不知道是否是她的呼喚喚回黎蔚的神智，狂暴的陰氣此時消退了些，但仍在黎蔚的腳邊盤旋著。

「姊姊，我……」這時的黎蔚發出的聲音正常了許多，不像方才有許多人聲重疊在一起。只見他緩步走向自己的親姊姊，在三步遠時卻停下腳步，低頭看著自己身周的陰氣，似乎不確定這股力量會不會傷害到現在僅僅是一抹靈魂的姊姊。

黎彤的手毫不猶豫地穿過濃烈的陰氣，一把將黎蔚拉進自己的懷裡，緊緊抱著。

「我好想你……」

「我也好想妳……」就算得知自己已死亡、就算得知自己無法進入輪迴也不曾落淚的黎蔚此時落下了眼淚，就像他的年齡該有的表現，在他姊姊的懷裡大哭著。

明明是如此感人的畫面，兩姊弟周圍卻圍滿了第一殿的武官，手中的武器指向包圍圈正中央的黎蔚，任誰都絲毫不敢懈怠。

秦廣王眼見黎蔚身邊的陰氣消退得差不多，小心翼翼地出聲道，「黎蔚，你也見到你姊姊了。我們送你姊姊進入輪迴，了無遺憾地轉世好不好？」

「不好。」黎蔚狠狠地瞪向秦廣王，開口又是許多人同時講話的詭異聲音，「我要守護我的姊姊。」

「蔚，你這樣會破壞世界規——」

以黎蔚為中心的陰氣再次暴漲，秦廣王還來不及看清黎蔚的動作，胸口就被某樣尖銳的

物體刺穿。自從成為冥官之後他就未曾有過痛覺，但此時胸口傳來的劇痛完全讓他回憶起何謂疼痛。他也很快發現自己沒有因此消散，黑刺僅僅只是讓他痛得無法動彈。

「我會守護姊姊，誰也不能阻止我。」黑色的風暴漸漸收束，將黎蔚和黎彤層層包裹在其中。陰氣散去的時候，兩人已經自原地消失了。

竟然能夠帶著亡魂在冥府裡使用傳送法術……隨著黎蔚的離去，刺穿秦廣王和平等王的黑刺也跟著消失。這時楚江王才帶著近衛匆匆趕到。

「這是發生了什麼……」看著受傷的兩位殿主和近乎全毀的第一殿大殿，楚江王也是震驚得不知該先做什麼事。

「是黎蔚，他劫走了他姊姊的靈魂。」劇痛總算消退到可以說話的秦廣王摀住胸口的洞，虛弱地說。

「你說這些全是黎蔚一個人幹的嗎？包括剛剛那沖天的陰氣嗎？」楚江王難以置信地比著第一殿的殘骸，「他死的時候只有七歲，就算加上死後的三年也只有十歲！」

「我哪裡知道黎家製造了什麼怪物出來？之前到底是誰在瞎猜他只是個人造冥官，我絕對要把拳頭塞進他的嘴巴裡！」現在看起來更像是製造了一個保有自我意識的強大怨魂多一點！

平等王對著楚江王怒吼完之後，把手按在身前的流蘇上，「閻羅，剛剛第一殿的騷動是黎蔚，他帶了一個亡魂跑了，我和秦廣攔不住。」

流蘇通信另一端的閻羅王先是不發一語，很快就下了指示道，「不要去追，所有殿主到議事廳集合。連你們都攔不住，黎蔚逃脫的機率很高，我們需要穩住冥府邊界。」

「就這樣讓黎蔚帶他姊姊還陽嗎？我們就什麼事也不做嗎？」平等王對著流蘇喊道，閻羅王也只是沉著地說：「讓宋昱軒去追。我們殿主做殿主該做的事，追擊讓昱軒去一定比我們更適合。」

「要派宋昱軒去追？黎蔚只有十歲，這樣會不會太過分了！」

「你到底要糾結他只有十歲到什麼時候！你口中的十歲小男孩重傷了兩位殿主，還把我的大殿給拆了！」秦廣王怒吼道，看能不能用聲量讓楚江王的理智回來些。

「別吵了，要吵也等我們補好黎蔚打穿的冥府邊界再說。」平等王站到兩人之間，阻止兩人沒有意義的爭吵，因為他們現在有更重要的事情要做。

只希望黎蔚能夠稍微降低破壞，不要打出太大的破洞——

其實他自己也不知道究竟發生了什麼事。他只記得看到姊姊的亡魂時，他腦中就剩下一個念頭：

他需要守護他的姊姊。

他也不知道身周的陰氣從哪裡生出，但這些陰氣聽他的使喚，控制起來就如同呼吸一樣簡單。僅僅是「攻擊」這個簡單的念頭，他的陰氣便完成所需……

而且他心底知道，這些陰氣還能更多，他還能做到更多……

不，他沒有如同怨魂般喪失理智。此刻他的思緒比過去的任何時間都來得澄清，只專注在一個目標上。

他需要守護他的姊姊。

他也不知道自己是如何在冥府使用傳送法術，明明有被殿主們教育過冥府境內只要帶著亡魂就全然無法使用傳送法術，這個定律就跟世界規則一樣古老，就連強大的術士都不曾打破這個規則過。但他只是有著「離開」的想法，陰氣便帶他離開了第一殿。

有個聲音告訴他應該懼怕這個力量，但他現在根本無暇理會這個聲音。

力量很多很好，越多越好……只有夠強才能守護姊姊。

陰氣並沒有直接帶著他與黎彤回到人界，他們兩人落在冥府的一處。這裡是黎蔚不曾在冥府見過的灰黑色樹林，樹林的盡頭有一座三合院，三合院的門口掛著白色布條和白色燈籠，顯然正在辦白事。

他們與那座三合院之間除了樹林，還有由透明氣流組成的障壁隔著。

冥府邊界。黎蔚立刻斷定這就是放姊姊還陽的最後一個阻礙。

「啊，這是我家……」黎彤望著自己的住處喃喃道，「也不知道小銳睡了沒。」

「小銳？」

「向銳，我兒子。」黎彤對著他溫柔地說，「他最近剛滿周歲。」

「這樣子的話，他算我的……」

「是你的姪子。你已經當舅舅了。」黎彤馬上為弟弟釐清他們的親戚關係，「真希望還能再見到小銳啊……」

聽見姊姊的心願，黎蔚再度聚集起墨色的氣流，不帶任何遲疑地說：「我會讓妳見到的。」

以現在的力量，他能夠破壞冥府邊界。只要打穿一個洞，他就能讓姊姊還陽。

他才剛聚集起陰氣，一道狠戾的劍氣便從身側襲來。他連忙抵擋，順勢將姊姊拉到身後。

「是誰！」黎蔚對著林子深處大喝道。來人也沒有繼續隱藏的意思，只見一夥共四名行刑人緩緩走出樹木的後方，這些人都沒有拔劍，只有最後一個，也是離他最近的一名行刑人，手持著已然出鞘的長劍。

「把你身後的亡魂留下。」領頭的行刑人厲聲命令道，「亡魂不應該回到人界。你並非亡魂，我們無權干涉你的來去。但你姊姊必須遵循亡魂的道路——」

「如果我不從呢？」

「那就只好對你說聲抱歉了。」兩人幾乎同時動作，陰氣和劍氣相撞的瞬間產生巨大的爆炸，爆風將地上的沙塵捲起，遮蔽眾人的視線。黎蔚一手拉緊姊姊的手，瞇起雙眼在沙塵中搜尋行刑人的身影。

少了一個……雖然擁有驚人的力量，但黎蔚終究只有十歲，不僅涉世未深，也近乎沒有戰鬥經驗，自然不會去揣摩對方的心理。行刑人正是抓準了這一點，在沙塵揚起後便消去氣息，隱入沙塵之中，繞到黎蔚護住黎彤的那側。就等黎蔚分散注意力，在沙塵中找尋他的身影那刻，一劍對準黎蔚的脖子刺出。

可是當面對過於強大的力量差距時，戰術和經驗無法完全彌補兩人之間的鴻溝。所以當他劃破黎蔚的脖子後，對方並沒有因為被冥官配劍所傷到的劇痛而麻痺，倒是冥官配劍劃破的口子中湧出大量的黑氣朝他撲去。在被抓住之前，行刑人在空中急忙轉身，腳尖借力一跳迅速遠離黎蔚。

……對方到底是什麼東西也是個麻煩的問題。所幸殿主們交代的只有「盡力」阻止黎彤回到人界，只是這麼一看，要攔住黎蔚大概比登天還難了。

「昱軒！」站在較遠處的行刑人驚呼道。宋昱軒迅速說了一聲「我沒事。」再度舉起長劍，嚴陣以待接下來的攻勢。

「蔚，你沒事吧？你的脖子……」黎彤目睹自己的弟弟被抹脖子的瞬間都快嚇暈了，但此時的黎蔚只是按住傷口，不讓陰氣繼續外洩。童顏童語在此時顯得更加詭異。

「好痛啊……原來是傳說中的『宋昱軒』嗎？那我是不是應該敬稱一聲『陛下』呢？」

他絕對要把多嘴的冥官一劍斃了。面對公然的挑釁，宋昱軒沒有任何動搖，反而泰然自若地回應道，「既然知道要喊我『陛下』，那怎麼還不趕快跪下來叫個一兩聲呢？」

多拖一刻是一刻，術士已經在緊急召回的路上了。如果能保住冥府邊界，那他被揭瘡疤也只是小事而已。

「亂跪會折壽的，也難怪你這麼年輕就死了。」

「你我現在都是死人，沒有折壽這個問題。」宋昱軒留意到不自然的陰氣在聊天的過程中慢慢消退，不再張牙舞爪。宋昱軒趁著對方攻擊意圖減弱時往前踏出一步，利用聊天降低對方的戒心。

但黎蔚可無法容忍行刑人的任何一個動作，數束墨色的氣流迅速凝聚成形，化作巨大的爪子直撲宋昱軒，宋昱軒出劍想要抵擋，爪子卻在空中轉了向，狠狠地往冥府邊界刨出一個破洞。清楚自己目標的黎蔚絲毫不戀戰，抓起姊姊的手就往冥府邊界外奔去。

被擺了一道，但當他回頭看見自己帶來的幫手，個個都讓地下冒出的黑色氣流抓住腳踝，並被一根冰冷的黑色尖刺直指心窩處時，不禁慶幸自己沒有繼續攻擊下去。

如果他繼續強攻，黎蔚大概就會拿三名行刑人同伴要脅他了吧？

很可怕的敵人……甚至只是剛覺醒的力量。假以時日，黎蔚如果累積起戰鬥經驗，控制更為得心應手的話，必定會在內境或冥府造成一波腥風血雨。

不知道與殿主們建議儘量與黎蔚交好是否會被接受。但現下他們最需要擔心的應該是被破壞的冥府邊界……

「昱軒，我們還要追嗎？」

「不用，守住這個破口，別讓任何亡魂跑出去了。」宋昱軒指示道，一邊思索著下次見到黎蔚時會是怎麼樣的情景。

亡魂還陽後，生死簿會被改寫。就不知道下次黎彤再度回到冥府時，還能否有著輪迴的權利。只期黎彤不會被打入地獄，不然冥府就要再承受一次黎蔚的怒火了。

這個時候的他怎麼也沒想到，下次與黎蔚再次見面，會是百年後他充當中間人領著一名人類女子，好聲好氣地將這名人類女子介紹給對方。

黎彤的軀殼就躺在靈堂的正中央。

「我就這樣踏進去嗎？」黎彤低頭看著棺材裡緊閉雙眼的自己問道。

「我……我也不知道。」自冥府脫離之後，可能緊繃的身心都鬆懈了下來，現在的黎蔚再也感受不到剛剛的力量，只覺得頭痛欲裂，單是立定說話就已經十分勉強，更遑論思考了。

「那麼你跟我過來吧！」黎彤突然把黎蔚帶到後方的房間。這應該是黎彤的房間，因為她熟門熟路地穿過門扉，在床邊趴下，想從床底下拉出一個小箱子。但她忘記自己只是沒有形體的亡魂，就算集中精神，微微透明的手也只能穿過箱子。

「我來吧。」看不下去的黎蔚立刻協助姊姊完成了這簡單的舉動，並在姊姊的示意下打開箱子，印入眼簾的是一隻白色的紙風車。

「這是……」

「之前你去市集一直嚷著想買，可是父親都不讓你買。你失蹤後，我在市集上看到便買了一個收著，想說如果有幸再次見到你，就把這個親手交給你。」

「父親沒告訴過妳我是被送去本家當煉蠱的材料嗎？我去本家後不可能回得來啊……」

「我這不就見到了嗎？」姊姊的笑容就如同他記憶的一般溫柔，「還有這些書籍……是一些法術相關的書冊。父親當我的嫁妝一起送來的，但是阿昊本就無意鑽研法術只想從商，這些你也一起拿去吧。」

「姊姊……」黎蔚努力壓抑身周的氣流，他不能讓自己浮動的情緒破壞了這間屋子，尤其床上還有酣睡中的幼兒。

「你不能待在這裡。」黎彤的眼中透著哀傷，「如果本家發現他們成功煉出了你，他們會再繼續嘗試下去的。現在本家依舊強大，家主的純淨之火根本就是你的剋星。在足夠與本家抗衡前，你需要想辦法精進自己，絕不能讓你的悲劇再次在黎家的後代上演。」

「躲起來，不要再與我接觸，也不要再接觸內境的人。這是為了所有黎家的後代著想——」

向家正在歡慶兒媳婦奇蹟復活的時候，黎蔚早已經離開了向家。

他一個人坐在懸崖底部，望著三年沒見過的藍天，心中沒有任何喜悅的感覺。

「蔚。」一個人自身後喚住了他。他回首看見一黑一白的身影時，完全不覺得害怕。

「你們是來帶我回去的嗎？」黎蔚伸出雙手供黑白無常套上手銬，但黑白無常遲遲都沒有動作。

「不是，我們只是順路捎信的。」或許還是警戒著黎蔚，白無常寧願大聲點說話也想要與他保持距離，「蔚，你被冥府驅逐了。」

對於冥府的決定，黎蔚完全不感到意外。如果真的回去，大概也只會被打進大牢關個幾百年吧？被驅逐這個決定對他來說是好的了……也可能是殿主們覺得把他關在冥府，只會增加他破壞冥府的可能性而已。

「黎蔚，我們並非真的趕你走，只是現在殿主們忙於修補邊界，講真的我們沒人管得住你——」

「我知道，你們不用再說了。」黎蔚落寞的說，突然他的視線瞄到黑無常身後幼小的新魂。

「那是……剛死嗎？」

「是啊，才五歲。在山裡砍柴迷路跌下懸崖，剛剛才斷氣。」黑無常講完後，馬上警戒地補上一句：「怎麼，連陌生的靈魂你也想救嗎？」

「不可能，他又不是我姊姊。」黎蔚四下搜索著，馬上就在一塊大石板上發現小男孩的軀殼。

「我……怎麼使用他剩下來的東西，你們應該不會有意見吧？」

黑白無常你看我、我看你，視線交流中得出共同的結論，「只要不是亡魂就不在我們的管轄範圍內，我們無權干涉。」

「好的……謝謝你們。」黎蔚真誠地道謝後，便移步到小小的身體前。

應該可以，應該沒問題。但就不知道身體會不會長大，無法長大的話就得換另一個成年的身體……

「最後可以告訴我他的名字嗎？」

大概猜到黎蔚要做什麼的白無常遲疑了一會兒，最後還是給出了名字，「他叫蕭子揚。」

「子揚！子揚！」

「在這裡……還有氣！快、快帶去找大夫！」

「太好了，至少找到了……」

「蕭子揚」被一把抱起，急急地送回村子找大夫。經過大夫檢查之後，發現除了皮肉傷之外，孩子並沒有其他受傷的地方，就連骨頭都沒斷一根。從十幾尺的懸崖落下，近乎毫髮無傷，連大夫都認可這是奇蹟。只是孩子的眼睛怎麼變成紅色了……就無法解釋了。

眼睛變了個顏色又怎樣，孩子活著啊！正當蕭氏夫婦為了歡慶兒子大難不死宴請全村子時，主角「蕭子揚」坐在黑暗的房間裡，低頭看著墨色的氣流在他手上纏繞著。

◎◎◎

「我完全看不出這段故事跟這個黑色的爪子有什麼關聯。」總算相信自己影子中冒出的黑色利爪對自己絕對無害後，向亞繪便放任黑色利爪趴在自己的大腿上。她就像撫摸一隻狗一般撫摸著黑色利爪，不知怎麼的，黑色利爪竟發出舒服的打呼聲。她甚至能感覺到黑色利爪很喜歡被摸背。

明明它是一隻爪子，沒有背……

「別一直叫他黑色的爪子。我記得妳的阿公有為他取過名字。」

向亞繪努力回想著阿公還在世時的回憶。這時黑色利爪翻了個身，露出另外一面（應該是肚皮）給向亞繪。她撓它的肚皮時甚至會有不明的抖動。她有點無言地看著這隻行為模式跟狗差不多的黑色利爪，突然想起以前阿公之前說過好幾次奇怪的話。

「阿公曾經說他有養狗，但我們從來沒有見過。我爸媽都說阿公老人癡呆了才會以為自己有養狗。」阿公說起那隻狗的時候總是語帶懷念，好似很久未見的老朋友似的。「以前我做惡夢時，阿公就會把我抱過去，哄我說：『不用怕，幽邃會保護妳的。』」

聽到自己的名字，幽邃立刻抬起手指（大概是他的臉吧？），殷盼地望著她。

真是夠了……向亞繪覺得自己今天接收的信息量，已經遠超過頭腦能夠負荷的量了。好不容易姊姊的葬禮辦完，回學校宿舍的途中就被眼前的肥宅高中生攔路，前因後果都不說就把她瞬間移動到某個大樓屋頂上吹冷風。

會喊對方「肥宅高中生」絕對不是她失禮，但是以對方龐大的身型，戴著超粗的黑框眼鏡，身著某個魔法少女動漫T恤和高中運動褲與夾腳拖……最能描述他的名詞只有「肥宅高中生」了。

她以為又遇到內境人士，迅速召出上個禮拜才學會召喚的黑色利爪——幽邃準備迎戰。怎料幽邃看到來人非但沒有攻擊，反而湊過去對方的腳邊蹭了蹭，還是向亞繪集中精神才把幽邃拖回來腳邊。

不只是行為模式像狗，還是條見到陌生人會搖尾巴的笨狗。

「我一直覺得妳阿公取的名字太難唸。」肥宅高中生盤腿坐在她對面，兩人就像在大樓屋頂野餐般，一邊聊天一邊吃消夜……

是的沒錯，現在的畫面就是如此的古怪。消夜和野餐墊還都是肥宅高中生大手一揮憑空變出來的。肥宅高中生對她詫異的視線不為所動，反而邀請她一起坐下，聽他敘述幽邃的來歷。

「我還是看不出故事與幽邃的來歷有什麼關係。」向亞繪可沒有忘記肥宅高中生一開始講故事的目的。別的不敢說，但自己論專注力和記憶力絕對高人一等，不然也沒辦法考上醫學系。肥宅高中生沒有看她，因為他的視線還在蛋餅上。

「幽邃是黎蔚送給向家的一份禮物，也是他那天離開向家之後，唯一一次接觸他的姪子向銳。」

得知幽邃來歷的向亞繪若有所思道：「是喔……原來曾祖母曾經被復活過啊？阿公幾乎沒提過曾祖母，好像他很小的時候就失蹤了。」

「嗯……對啊……」肥宅高中生停下筷子，似乎想起了什麼。不管他想起什麼，眼前的蔥油餅一定更吸引人，因為他手中的筷子立馬轉向，向蔥油餅進攻。

向亞繪望著眼前幾乎沒放下過筷子的肥宅高中生，鼓起膽子問道：「那麼，請問你在這個故事中扮演了哪個角色呢？」

這是明知故問沒錯。她知道眼前的肥宅高中生在這個故事中是哪個角色，但她還是想要從對方口中得到證實。

這回肥宅高中生真的放下筷子了。他用意味深遠的笑容，以及粗框眼鏡下仍戴有黑色角膜變色片的雙眼看著她。

「妳覺得呢？」

【番外】百年前　完

定價
NT$340
HK$113

失控的AI－我在元宇宙被判死刑

官雨青(Peggy)/作者　Ooi Choon Liang/插畫

KadoKado百萬小說創作大賞・大賞得獎作品

天才醫師阿星的妻兒命喪惡火，他設計出妻兒的「亡者AI」，耽溺於虛擬世界。于珊是殯葬業大亨之女，卻被陷害揹負債務，企圖自殺時被阿星救下。在元宇宙有原配的阿星，與于珊之間產生情愫，哪一個世界的她，才是自己應該廝守的真愛？亡者AI協助于珊事業重生，卻也迫使她遭受死刑的威脅。

定價各
NT$280
HK$93

靈魂的羽毛 拉比的女兒(上)(下)

蕾蕾亞拿／作者　**蛇皮**／插畫

KadoKado百萬小說創作大賞・輕小說組金賞作品
譜寫瀟灑傭兵與傲嬌騎士的冒險史詩——

女孩亞拿的拉比（師傅）是地下社會英武有名的傭兵，某日收到商會的委託，奪取神秘文獻——「麥祈的約定」。在接下委託的那一刻起，師徒倆便成為整座浮空文明的敵人，掌權者將傾盡一切力量對付她們。而這趟旅程，也將為亞拿的人生烙下難忘的印記。

我在冥府當心理諮商師 3

作　　者＊雙慧
插　　畫＊肚臍毛

2024年2月26日　初版第1刷發行

發 行 人＊台灣角川股份有限公司
總　　監＊呂慧君
編　　輯＊喬齊安
美術設計＊林慧玫
印　　務＊李明修（主任）、張加恩（主任）、張凱棋

台灣角川

發 行 所＊台灣角川股份有限公司
地　　址＊104台北市中山區松江路223號3樓
電　　話＊（02）2515-3000
傳　　真＊（02）2515-0033
網　　址＊http://www.kadokawa.com.tw
劃撥帳戶＊台灣角川股份有限公司
劃撥帳號＊19487412
法律顧問＊有澤法律事務所
製　　版＊尚騰印刷事業有限公司
I S B N＊978-626-378-421-5

國家圖書館出版品預行編目資料

我在冥府當心理諮商師 / 雙慧作. -- 初版. --
臺北市：臺灣角川股份有限公司, 2024.2-
　冊；　公分

ISBN 978-626-378-421-5(平裝)

863.57　　　　112019587